오늘의 연애 예보가 도착했습니다

차례

- ♥에피소드 1♥ **0퍼센트의 어떤 것** ... 9
- ♥에피소드 2♥ **셔틀콕은 돌아올 거야** ... 42
- ♥에피소드 3♥ **폭우가 지나야 보이는 것들** ... 65
- ♥에피소드 4♥ **삐또와 여러 숫자** ... 93
- ♥에피소드 5♥ **나의 이름 앞에서** ... 120
- ♥에필로그♥ ... 159

♥ 앱 소개

"오늘 당신은 누굴 좋아하게 될까요?"
'연애 예보'는 연두 중학교 전용 비밀 연애 매칭 앱이에요. AI가 당신의 성향, 관심사, 이상형 등을 분석해 오늘 당신과 가장 잘 어울리는 단 한 명을 추천해요.

♥ 가입 방법

학생증 인증 → 프로필 사진과 닉네임 설정 → 100문 100답 작성 → AI 정보 제공 동의 → 완료!

※ 학생증은 재학생 인증용이며, 인증 후 사진은 즉시 삭제됩니다.
※ 설문은 언제든 수정 가능하며, AI는 최신 설문을 기준으로 정보를 분석합니다.

♥ 탭별 이용 방법

오늘의 연애 예보 탭에서는 매일 한 번, 서로가 매칭률 80% 이상인 상대 한 명이 추천돼요. 기준을 만족하는 상대가 없으면 '오늘의 예보 없음'이 표시돼요.

서로 '좋아요'를 누르면 매칭 완료! 채팅을 이어 가든, 직접 만나 보든, 그다음은 여러분의 선택이에요. 매칭이 성사되지 않았다면 다음 날 자동으로 새로운 연애 예보가 도착해요.

직접 조회 탭에서 특정 인물을 직접 검색해 오늘의 매칭률을 확인할 수도 있어요.

※ 5회당 1만 원이며, 환불은 불가능합니다.

소셜 탭은 연애 고민이나 경험을 자유롭게 나눌 수 있는 익명 게시판이에요.

※ 부적절한 글은 신고 가능하며, 운영자가 사전 통보 없이 삭제할 수 있습니다.

이 앱은 연애의 시행착오를 줄이고, 사랑이 넘치는 학교생활을 만들기 위해 개발됐어요.
비구름 낀 현실 속에서 환상을 기다리는 당신에게, 오늘의 연애 예보가 한 줄기 햇살이 되길 바랍니다.

♥ 에피소드 1 ♥
0퍼센트의 어떤 것

<   소셜 - 실시간 인기 글   ☰

50번 연속 0퍼센트인 사람?

익명

내가 좋아하는 애가 있는데, 그 애랑은 매칭률이 계속 0퍼센트야. 벌써 얘만 50번째 확인했는데도 똑같아. 가능성 자체가 아예 없다는 게, 좀… 그렇다.

댓글 (38)

ㄴ 익명 그 정도면 진짜 인연이 아닌 듯.
ㄴ 익명 여기에 10만원이나 태움? 걔 뭐 돼?
ㄴ 익명 0퍼센트라니, 잘못 본 거 아니야? 난 현질했을 때 그래도
    10퍼센트 이상은 나오던데!
ㄴ 익명 무료 이용자인 나님은 3학년 4반 누구 뜨는 거 기다리다
    졸업하겠음. ㅋㅋㅋ

> ㄴ 익명 나도 맨날 이상한 애만 예보로 떠서 자존심 상해 죽겠어. 그렇다고 너처럼 여기에 쓸 돈은 없지만. ㅋ

축구부 후배 하나가 이 앱으로 전 여친과 다시 사귄다고 했다. 그 말을 듣고 나는 도저히 가만있을 수가 없었다. 용돈에 비상금까지 긁어모아 앱에 몽땅 충전했다. 매일 꾸준히, 어떤 날은 두 번 세 번 민조와의 매칭률을 검색했다. 100문 100답을 수정하면 그 내용이 바로 반영된다길래 문항도 하나씩 바꿔 보았다.

> 100문 100답
> 좋아하는 사람에게 들려주고 싶은 노래는?

아이돌 노래였다가, 클래식으로 바꿨다.

> 배달 음식 vs 집밥

무조건 배달이 최고지만, 집밥으로 바꿨다.

> 연인이 화났을 때 풀어 주는 방법은?

애교 부리기였다가, 웃긴 춤 추기로 바꿨다.

하지만 아무리 문항을 수정해도 민조와의 매칭률은 변함없이 0퍼센트였다.

50번째 시도에도 같은 숫자가 나오자 홧김에 소셜 탭에 글을 올렸다. 기다렸다는 듯 득달같이 댓글이 달렸다. 역시 다들 비슷한 불만을 품고 있었던 거다.

연애 예보 앱이 학교에서 난리 난 지 벌써 한 달이 다 돼 간다. 1학기가 시작되고 얼마 지나지 않아, 한 커플이 이 앱 덕분에 사귀게 됐다는 소문이 학교를 휩쓸었다. 문제는 그 커플이 학교에서 손꼽히게 예쁘고 잘생긴 애들이었다는 거. 게다가 둘 다 학교에서 모르는 애들이 없을 정도의 인싸였다. 그 둘이 앱에 나온 매칭률 화면을 SNS에 캡처해 올리자 순식간에 입소문이 났다. 뒷돈 받고 광고하는 거 아니냐, 가짜 커플 행세 하는 거 아니냐, 하는 말까지 돌았다. 하지만 둘이 죽고 못 산다는 듯 하루도 빠짐없이 연애 인증샷을 올리자 의심은 곧 믿음이 되었다.

"그 앱으로 매칭돼서 사귄 거래."

"그럼 신빙성 있는 거 아니야?"

"나도 다운받을래!"

그날 이후였다. 매일 아침 8시, 전교생의 폰에 동시에 알림이 울리는 것이 당연해진 건.

> ✉ 오늘의 연애 예보가 도착했습니다.

복도에서도, 급식 줄에서도, 심지어 화장실 거울 앞에서도 다들 폰만 들여다봤다. 누가 누구를 좋아한다는 말보다 매칭률이 몇 퍼센트 나왔는지가 더 큰 관심사가 됐다. 운영자가 누군지도 모르면서, 앱 없이 고백은커녕 썸도 시작 못 할 것 같은 분위기였다.

연애에 관심 없다던 여사친 지이만 해도 그랬다. 걔는 전교 3등씩이나 하는 애인데도 문제집을 풀다 말고 틈틈이 연애 예보를 들여다보고 앉아 있었다. 말로는 이런 앱 순 거짓말이라면서 누구보다 열심히 앱을 확인하는 걸 보면 정말 못 말렸다. 짝사랑하는 애라도 있는 게 분명했다.

웃긴 건 나도 별다를 게 없다는 거다. 아니, 용돈을 다 쏟아부었으니 별다를 것 없는 수준을 한참 넘어섰다. 그렇다고 알림을 끄자니 미련이 남고, 켜 두자니 하루하루가 실망의 연속이었다. 인정한다. 말도 안 되는 앱이라고 생각하면서도 삭제는커녕 알림조차 못 끄는 내가 제일 바보라는 거.

그사이 민조의 생일이 내일로 다가왔다. 매칭률을 핑계 삼아 말이라도 걸어 보고 싶었는데 다 틀렸다. 정면 돌파해야만 하는 순간이 오고 만 거다.

며칠 전, 민조가 갖고 싶어 하던 그림책을 샀다. 작년 여름 방학, 한참 민조와 가까워지던 때 민조가 도서실에서 내게 보여 준 책이었다.

"어릴 때 내가 좋아했던 책이야. 그림이 너무 귀여워서 이 책만 펼치면 힘든 걸 다 잊을 수 있었거든. 근데… 이사하면서 잃어버렸어."

민조의 얼굴에 씁쓸한 미소가 걸렸다. 나는 그 표정을 도저히 그냥 넘길 수 없었다.

"내가 새로 하나 사 줄게!"

의기양양하게 허리에 손을 짚은 나를 보며 민조가 살짝 웃었다.

"이거 절판된 지 10년이 넘었어. 중고로도 비싸서 못 사. 마음만 받을게."

나는 뒤통수를 긁적였다. 민조가 어릴 때 힘들었다는 말이 계속 마음에 남았다. 민조 몰래 폰에다 제목을 메모해 두고 인터넷 서점을 뒤졌다. 역시 재고가 안 보였다. 간혹 사기꾼 같은 몇몇이 책을 30만 원이 넘는 가격에 팔고 있을 뿐이었다. 나 같은 중학생은 근처에도 오지 말라는 소리였다. 나는 곧장 동네의 오래된 헌책방을 찾아갔다.

"사장님, 혹시 이 책 들어오면 다른 사람 말고, 무조건 저한테 파셔야 돼요! 아셨죠? 저 한 번만 도와주세요!"

책방 주인 할머니는 책방에 처음 온 나를 보더니 알겠다며 피식 웃음 지었다. 그렇게 몇 달이 지나 며칠 전, 할머니에게 연락이 왔다. 그 책이 드디어 입고되었다고! 당장 헌책방에 달려가 책을 품에 안고 방방 뛰었다. 주인 할머니는 나를 훑어보더니 물었다.

"여자친구 주려고?"

순간 나는 몸이 굳어 버렸다. 내 얼굴이 하얗게 질렸는지 할머니가 한쪽 눈썹을 치켜올렸다.

"헤어졌어요…."

할머니가 내 어깨를 토닥토닥 두드려 주었다. 그러더니 도로 책을 가져가려고 했다. 내가 주춤 물러서자 할머니가 가만히 나를 보더니 말했다.

"그럼 필요 없는 거 아니야?"

나는 고개를 마구 저었다.

"사람 일 어떻게 될지 모르는 거잖아요!"

할머니가 픽 웃더니 5천 원만 달라고 했다. 내 마음을 다 안다는 웃음이었다. 나는 당장 돈을 지불하고 도망치듯 책방을 나왔다. 책방을 오래 하면 뭔가를 꿰뚫어 보는 눈이라도 생기는 건가? 나는 품에 책을 꼭 끌어안았다. 당장이라도 민조에게 선물해 주고 싶었지만 그럴 수 없었다. 정말로 우린 헤어진 지 석 달이 넘은 사이였으니까.

민조와 나는 작년에 같은 반이었다. 역시 같은 반이었던 지이가 민조와 친하지 않았다면 굳이 말을 섞지도 않았을 데면데면한 사이. 여름 방학의 어느 날이 아니었다면 아마 지금도 우리는 복도에서 눈인사 정도만 주고받는 사이였을 거다.

그 여름 방학의 어느 날, 나는 축구부 연습 도중 공을 멀리 차 버리고 말았다. 공을 주우러 학교 건물 쪽으로 가다가 도서실 창문이 살짝 열린 걸 보았다. 숨이 턱턱 막히던 참이라 혹시 안에 에어컨이 켜져 있을지도 모른다는 생각에 도서실 창가로 다가갔다. 무심코 고개를 창 안쪽으로 들이밀었다가 그 안에서 민조와 눈이 마주쳤다.

책장 사이로 쏟아지는 햇살이 민조의 얼굴에 부드럽게 내려앉았다. 민조는 놀란 듯 눈을 동그랗게 뜨더니 말했다.

"너, 괜찮아?"

나는 멍하니 민조를 바라보았다. 민조는 부스럭거리며 자리에서 일어나더니 조심스럽게 내게 다가왔다. 나는 괜히 마른침을 삼켰다. 민조의 얼굴이 내 얼굴 가까이 다가온 순간, 나도 모르게 스르르 눈이 감겼다. 곧 복숭아 향 바람이 얼굴에 닿았다. 눈을 떠 보니 민조가 내 얼굴 앞에 키티가 달린 손선풍기를 들이밀고 있었다.

"너무 더워 보여서."

내가 멀뚱히 서 있자, 민조는 손선풍기를 내 손에 쥐어 주고는 가방에서 텀블러를 꺼냈다. 그러더니 달그락 소리를 내며 뚜껑을 열어 내게 건네주었다. 텀블러 안에는 하트 모양 얼음이 가득 들어 있었다.

"얼음물인데, 마실래?"

나는 떨리는 손으로 텀블러를 받아 들었다. 텀블러 속에 떠 있는 하트 얼음을 보다 웃음이 새어 나왔다. 민조도 따라 웃었다. 나는 얼음을 와그작 깨물고 말했다.

"고마워."

그날 이후, 축구부 연습이 끝나면 나도 모르게 도서실로 향했다. 도서부원인 민조는 방학 중에도 몰래 도서실에 들어온다고 했다.

"들키면 어쩌려고 그래?"

"나한테는 여기가 집보다 편해서. 도서부 선생님도 그냥 눈감아 주시는 것 같고."

민조가 책을 덮고 선풍기를 내밀 때마다 복숭아 향이 코끝을 스쳤다. 그땐 몰랐다. 선풍기에 작은 방향제가 붙어 있었다는 걸. 나는 그냥, 민조한테서 원래 그런 냄새가 나는 줄로만 알았다. 그래서인지 복숭아를 먹을 때면 민조 생각이 났다. 복숭아가 더 달콤하게 느껴졌다.

민조는 늘 도서실에 있었지만, 책보다 노트북을 오래 들여다보는 날이 더 많았다. 내가 다가가면 황급히 화면을 닫을 때도 있었고, 뭐 하냐고 물으면 얼버무리며 말 못 할 사정이 있는 것처럼 굴기도 했다. 민조에게 실수했나 싶으면서도 괜히 서운했다. 나한테만 뭔가 숨기는 게 있는 것 같아서.

하루는 민조가 물을 마시다 말고 책상 위의 빵 봉지를 빤히 쳐다보고 있었다. 내가 봉지를 뜯으려 하자 민조가 손을 뻗어 내 손을 막았다.

"안 돼! 그거, 유통기한 지난 거야."

민조의 목소리가 어쩐지 우울하게 들렸다. 나는 대수롭지 않게 말했다.

"뭐 어때? 나 배고파."

내가 봉지를 퍽 뜯자, 민조가 망연자실한 얼굴로 나를 바라보았다. 그러고는 혼잣말처럼 중얼거렸다.

"상한 건 먹으면 안 돼. 탈 난단 말이야."

민조가 나를 걱정해 주었다는 생각에 괜히 뺨이 뜨거워졌다. 다행히 민조는 노트북으로 시선을 돌리고 있었다. 나는 슬그머니 일어나 빵 봉지를 쓰레기통에 그대로 가져다 버렸다.

도서실에 왔다 갔다 하게 되면서 나는 민조가 읽던 책 제목을 몰래 외웠다가 집에서 전자책으로 찾아 읽었다. 다음 날이면 책 내용을 핑계 삼아 말을 걸기도 했다. 민조가 고개를 끄덕이며 눈을 반짝일 때마다 나도 모르게 기분이 좋아졌다.

그렇게 2학기 첫날이 다가왔다. 교실은 아직 여름 방학의 여운이 짙게 남아 있었다. 아이들은 들뜬 목소리로 방학 때 있었던 일을 떠들어 댔다. 점심시간이 되어서야 다들 급식실로 우르르 달려 나가는 바람에 교실의 소란이 잠잠해졌다. 민조는 이어폰을 끼고 책상 위에 책을 펼쳐 둔 채 조용히 앉아 있었다. 나는 민조를 보고 잠시 멈춰 섰다.

"정현호, 뭐 해? 오늘 깐풍기 나온대!"

친구들에게 먼저 가라고 손짓했다. 교실에는 어느새 나와 민조 둘뿐이었다. 나도 모르게 민조 쪽으로 발길이 향했다. 여름 내내 도서실에서 함께했던 시간 덕분일까. 민조 옆자리가 이상하게 익숙해져 버렸다. 민조는 나를 힐끗 보더니 이어폰을 빼고 책을 덮었다.

"점심 먹으러 안 가?"

"지금 가려고. 너야말로 다이어트한다고 점심 굶는 거 아니야?"

민조는 대답 대신 입꼬리를 살짝 올렸다. 나는 가방에서 단백질바 하나를 꺼내 민조의 책상 위에 슬며시 올려 두었다.

"이거 단백질바라 살 안 쪄. 네가 살 뺄 데가 어디 있다고. 참 나."

민조는 씩 웃으며 말했다.

"너 운동할 때 먹으려고 산 거 아니야?"

나는 어깨를 으쓱거렸다.

"우리 집에 상자째로 있어. 걱정 마."

민조가 눈을 깜빡거리다 고맙다고 대답했다.

"고맙긴. 방학 때 얻어먹은 얼음물이 몇 리터인데."

잠시 침묵이 흐른 뒤, 민조가 단백질바의 유통기한을 가리키며 말했다.

"가끔 그런 생각이 들어. 사람 마음에도 유통기한 같은 게 있어서, 눈에 딱 보이면 좋겠다고."

"갑자기 무슨 소리야?"

"상한 걸 먹으면, 몸도 마음도 아프잖아."

민조는 이따금 알쏭달쏭한 소리를 했다. 그 어떤 설명도 붙이지 않고, 나를 설득하려 하지도 않는 태도가 어쩐지 쓸쓸해 보였다. 그래서 나도 알아들은 척 고개를 끄덕였다. 그래야 민조가 외롭지 않을 것 같았다. 나는 민조를 가만히 바라보다 입을 뗐다.

"민조야."

민조는 책상 위에서 손끝을 움직이며 나를 보았다.

"내일 학교 끝나고, 뭐 할 거야?"

민조는 고개를 갸웃한 채로 대답했다.

"글쎄… 별다른 계획은 없는데."

나는 주머니 속에서 손가락을 살짝 구부렸다 폈다 했다. 가슴이 두근거려 목소리가 작아졌다.

"그럼, 같이 서점 갈래? 네가 지난번에 말했던 작가 새 책 나왔던데."

민조의 눈이 동그래졌다. 긴장과 기대가 뒤섞인 표정으로 민조가 나를 바라보았다.

"좋아. 근데 넌 그 작가한테 관심 없는 줄 알았는데."

"네가 좋아하니까 나도 좋아졌지."

민조의 뺨이 금세 붉어진 것 같았다. 나는 조금 더 용기를 내 보았다.

"사실 책은 핑계고."

"응?"

"난 그냥, 너랑 같이 있고 싶어서 그래. 서점이 아니어도 좋아. 그냥, 같이 있고 싶어."

순간 복도의 소음이 멀리 사라지는 듯했다. 민조는 아무 말 없이 나를 마주 보았다. 민조가 천천히 고개를 끄덕였다.

"나도 그래."

민조의 대답이 내 귓가를 울렸다. 분명 내 얼굴은 홍당무처럼 빨개졌을 게 뻔했다. 민조는 단백질바로 시선을 떨어뜨리며 말했다.

"이제 점심 잘 챙겨 먹을게."

그때 나는 깨달았다. 나 혼자만이 아니라, 우리가 서로 좋아하고 있다는 것을. 나는 민조에게 손을 내밀었다. 민조도 내 손을 마주 잡았다. 그렇게 우리의 연애가 시작됐다.

솔직히 우리는 누가 봐도 어울리지 않는 커플이었다. 매일 축구장에서 땀 흘리고 친구들과 떠드는 걸 좋아하는 나와, 조용한 도서관을 편안해하는 민조 사이에 공통점이라고는 찾아 볼 수 없었다.

그런데도 민조와 함께 있으면 내가 조금 더 괜찮은 사람이 된 것 같았다. 민조의 웃음소리나 작은 말 한마디가 내 안의 빈 곳들을 채워 주는 느낌이었다. 민조가 읽는 책은 나한테 여전히 어려웠지만, 그래도 민조가 좋아하니까 같이 읽어 보고 싶었다. 내가 몰랐던 세계를 민조가 조금씩 보여 주는 게 재미있었다.

그날도 그랬다. 축구 시합을 앞두고 긴장돼 도무지 잠이 오지 않았다. 새벽 1시가 넘어서까지 뒤척이다가 민조에게 괜히 잠이 안 온다고 메시지를 보냈다. 얼마나 지났을까? 민조에게서 답장이 왔다.

> ✉ 음성 메시지 - 2:39

평소에 전화보다 메시지를 편안해하던 민조라 잠깐 당황했지만, 이내 재생 버튼을 눌렀다.

"백석, 남신의주 유동 박시봉방."

민조의 목소리가 또렷하게 울렸다. 근데 백석? 시인 아닌가? 남신의주 뭐라고?

"어느 사이에 나는 아내도 없고, 또, 아내와 같이 살던 집도 없어지고…."

아내? 이게 갑자기 무슨 소리지? 나는 가만히 민조의 목소리에 귀 기울였다.

"…이때 나는 내 뜻이며 힘으로, 나를 이끌어 가는 것이 힘든 일인 것을 생각하고, 이것들보다 더 크고, 높은 것이 있어서, 나를 마음대로 굴려 가는 것을 생각하는 것인데…."

무슨 뜻인지는 몰라도, 민조가 시를 읽고 있다는 건 분명했다.

"…그 드물다는 굳고 정한 갈매나무라는 나무를 생각하는 것이었다."

 마지막 문장이었는지, 짧은 정적이 흘렀다. 민조가 속삭이듯 덧붙였다.

 "현호야, 넌 꼭 갈매나무 같아. 누구보다 단단한 사람이잖아. 그러니까… 내일 시합 너무 걱정하지 마. 잘 자!"

 이상하게 가슴이 저릿했다. 갈매나무가 뭔지는 모르지만, 음성 메시지를 듣고 또 듣다 보니 민조가 나를 많이 아끼고 있다는 생각이 들었다. 민조의 목소리를 듣다 어느새 긴장이 풀려 잠이 들었다. 비록 다음 날 시합에서 지고 말았지만 나는 하나도 부끄럽지 않았다. 코치님이나 후배들 눈치가 살짝 보이긴 했다. 그래도 최선을 다해 뛰었으니까, 민조는 그걸 알아주니까 다 괜찮았다.

 평소에 민조는 말수가 적었지만 가끔 툭 건네는 말들이 이상하리만치 따뜻해서 자꾸만 생각이 났다.

 "현호 넌 말은 무뚝뚝한데, 행동은 늘 다정하다."

 "예체능하는 애들은 수학 시간에 다 졸던데, 넌 끝까지 집중해서 듣더라. 멋있었어."

 나조차도 잘 몰랐던 내 장점을 콕 집어서 칭찬해 줄 때는 부끄럽고도 신기했다.

한 번은, 축구부 경기에서 출전 기회를 못 받은 날이 있었다. 벤치에 앉아 지고 있는 경기를 지켜보고 있자니 기분이 엉망이었다. 그날은 연습도 대충 하고 여느 때처럼 민조를 만나러 터덜터덜 도서실로 갔다. 내가 아무 말 없이 의자에 주저앉자 민조가 조용히 물을 건넸다.

"오늘 벤치에 있었지?"

"어떻게 알았어?"

"넌 속상하면 목덜미를 만지작거리거든."

나는 눈이 휘둥그레졌다. 내 습관을 나보다 먼저 눈치챈 것이 놀라웠다. 민조는 덧붙여 말했다.

"이런 날에도 넌 후배들한테 짜증 한 번 안 내던데. 오늘도 그랬지? 난 네 그 태도가 좋아."

아닌 척 웃어넘겼지만, 어쩐지 눈두덩이 뜨거워졌다. 민조도 내 마음이 울렁거리는 걸 알아채지 않았을까?

우리가 사귄 지 한 달이 되던 날, 나는 괜히 들떠서 빵집에서 케이크를 샀다. 조그만 생크림 케이크에 5천 원을 추가로 내 '민조♥현호'라고 레터링도 얹었다. 민조에게 처음으로 해 주는 이벤트라 심장이 쿵쾅거렸다.

점심시간에 민조를 빈 교실로 불렀다. 사물함 뒤에 숨어 있던 나는, 인기척이 들리자 초를 꽂아 환한 케이크를 들고 짠, 나타났다. 민조는 케이크와 나를 번갈아 보았다. 가까이 와 케이크의 레터링을 봤을 때는 왠지 표정이 굳은 것 같았다. 내가 초를 불자고 재촉하자 그제야 애쓰듯 웃어 보였다.

"하나, 둘, 셋!"

우리는 동시에 초를 불었다. 나는 케이크를 책상 위에 내려놓고 들뜬 걸음으로 형광등을 켰다. 교실이 환해지니 민조의 굳은 표정이 더 선명하게 보였다. 나는 손가락으로 크림을 찍어 민조의 뺨에 쓱 묻혔다. 민조는 어색하게 웃더니 주머니에서 티슈를 꺼내 뺨을 바로 닦았다. 그러더니 짐짓 심각한 얼굴로 말했다.

"현호야, 고마워. 근데, 이런 거 진짜 안 해도 돼."

나는 일회용 포크를 꺼내며 말했다.

"왜? 오늘은 특별한 날이잖아. 민조 너 다이어트 때문에 케이크 안 먹는 거야?"

"그것도 그렇고… 내가 이런 거 서툴러서 그래."

민조가 말을 얼버무렸다. 나는 포크로 케이크를 잘라 민조 입 앞에 가져다주었다. 그리고 애교 부리듯 말했다.

"깜짝 파티를 갑자기 하지, 다 알려 주고 하는 사람이 어뒀어! 한 입만 먹어 봐!"

　민조가 곤란한 듯 시선을 내리깔았다. 내가 '아' 하고 입 벌리는 시늉을 하자, 민조가 마지못해 한 입을 입에 물었다. 결국 케이크 한 판은 내가 거의 다 먹어 치웠다. 민조는 먹는 둥 마는 둥 깨작거렸다. 전에 사귀었던 여자친구는 케이크를 주면 사진도 찍고 들떴는데, 민조는 확실히 결이 달랐다. 그게 좋아서 민조에게 고백한 거긴 하지만 서운한 것도 사실이었다.

　그래도 나는 민조에게 잘 보이고 싶어서 단백질바를 종류별로 사서 가져다주기도 하고, 용돈을 모아 틴트나 핸드크림 같은 걸 선물하기도 했다. 하지만 민조는 사귀는 사이인데도 그런 사소한 선물 받는 걸 부담스러워했다.

　"나는 너한테 아무것도 주는 게 없잖아. 근데 왜 자꾸 이런 걸 사 줘. 괜찮다니까."

　민조의 말에, 나는 시무룩해져 이렇게 답하고는 했다.

　"내가 안 괜찮아. 난 너한테 뭐든 다 해 주고 싶단 말이야."

　민조는 눈치를 살피듯 조심스럽게 나를 보더니 애써 입꼬리를 올렸다. 나는 입술을 삐죽거리고는 말했다.

　"그리고… 네가 나한테 주는 게 왜 없어. 내 옆에 있어 주잖아. 난 그거면 돼."

민조의 눈동자가 흔들렸다. 나는 헛기침을 하고 말했다.

"흠, 꼭 말을 해야 아나. 넌 나한테 제일 소중하다고."

순간, 내 눈을 의심했다. 민조의 표정이 미묘하게 일그러진 거다. 어디 아픈가 싶어 이마에 손을 올리려 하자, 민조가 뒤로 물러섰다. 그러고는 낮은 목소리로 말했다.

"난 네가 생각하는… 그런 좋은 사람 아니야."

나는 어리둥절한 얼굴로 민조를 보았다. 민조는 더 말을 잇지 않았다. 그날부터였을까. 민조가 내게서 조금씩 멀어지기 시작한 것이. 메시지에 답장은 점점 늦어졌고, 대화는 자주 끊겼다.

그러다 크리스마스 이브에 우리는 헤어졌다. 거리마다 크리스마스 장식이 반짝이고, 캐럴이 어디서나 흘러나왔다. 친구들이 놀러 가자고 했지만 그날만큼은 민조랑 둘이 있고 싶었다. 어느새 저만치 멀어져 버린 민조를 내 옆에 붙잡을 절호의 기회라 생각했다.

수업이 끝나고 민조를 데리러 도서실로 갔다. 창가에 앉은 민조가 노트북을 덮으며 내 얼굴을 보았다.

"오늘 같이 저녁 먹자. 크리스마스 이브잖아."

내 말에 민조가 어색하게 눈을 피하며 대답했다.

"갑자기? 나 오늘 저녁엔 좀 힘들 것 같은데…."

나는 기분이 이상해졌다. 왜 민조는 중요한 날이면 저렇게 한 걸음 물러서는 걸까.

"민조야, 크리스마스 이브에 남자친구랑 밥 한번 먹는 게 그렇게 어려워?"

나도 모르게 목소리가 날카로워졌다. 민조가 마른침을 삼키는 게 보였다.

"그런 게 아니라… 그냥 미리 말을 안 했으니까 좀 당황해서 그래."

나는 답답한 마음에 말을 막 내뱉었다.

"당황이라니. 우리가 무슨 초면도 아니고. 나 네 남자친구야, 민조야."

민조가 낮은 목소리로 말했다.

"그냥… 네가 뭘 원하는지는 알겠는데, 내가 그만큼 못 해줄까 봐 겁이 나."

나는 순간 욱했다.

"내가 너한테 뭘 원한 적 있어? 그냥 내 옆에 있어 달라고 했잖아! 난 남들처럼 너랑 평범하게 연애하고 싶은 거야."

민조는 한참을 내 얼굴을 바라보다 천천히 고개를 저었다.

"그래, 네 말이 맞아. 근데 현호야, 난 그런 게 좀 어려워."

"뭐가 그렇게 어렵다는 건데? 나랑 같이 밥 먹는 게 그렇게 부담이 돼? 그럼 대체 우린 뭐야?"

마음에도 없는 말이 쏟아지는 걸 막을 수 없었다. 민조의 눈동자가 흔들렸다.

"너랑 있으면 좋아. 근데… 어차피 나중에 헤어질 것 같다는 생각이 자꾸 드는 걸 어떡해."

민조가 눈을 피했다. 나도 모르게 언성이 높아졌다.

"그게 무슨 소리야? 꼭 나 혼자만 좋아하는 것 같잖아!"

민조가 고개를 푹 숙였다.

"미안해."

그 말에 속이 뒤집히는 것 같았다.

"그럼 왜 시작했어? 그렇게 겁낼 거였으면, 애초에 날 좋아하지 말았어야지."

민조는 잠시 말을 잇지 못하다가 입을 열었다.

"우리 부모님도 그랬거든. 그래서…."

민조의 목소리가 흔들리고 있었다.

"그걸 아니까… 네 마음을 온전히 믿는 게, 나한테는 어려워."

나는 아무 말도 할 수 없었다.

"미안해, 현호야. 나 때문에 네가 더 힘들어지는 거 같아. 이쯤에서 끝내는 게 서로한테 덜 아프지 않을까?"

"덜 아프다고? 난 이미 충분히 아픈데?"

내 목소리가 떨렸다. 민조는 입술을 다물고 숨을 고르더니 말했다.

"그러니까… 우리 헤어지자."

민조는 일어나서 가방을 집어 들었다. 나는 민조가 도서실 문밖으로 걸어 나가는 걸 멍하니 보고만 있었다. 붙잡고 싶었지만 몸이 움직이지 않았다. 민조가 사라지고 난 뒤에도 나는 한참을 그 자리에 서 있었다.

민조가 한 말들이 종일 머릿속을 맴돌았다. 처음부터 민조는 나와 진짜 오래가고 싶었던 게 아니었나 싶었다. 나는 그냥, 내가 좋으니까 민조도 당연히 그럴 거라고 믿었다. 내가 놓친 게 뭐였을까?

그날, 내가 알게 된 건 딱 하나였다. 내가 민조를 진심으로 좋아하고 있다는 거. 어떻게든 다시 민조 옆에 서고 싶다는 거. 민조는 나와 같은 마음이 아닐지도 몰랐다. 그래도, 나는 기다려 보기로 했다.

> 민조야, 나 지금도 네가 너무 좋아. 바보 같지?
> 지금 당장은 아니어도…
> 언젠간, 내 곁에 다시 와 줬으면 해. 기다릴게.

    답장은 없었다. 그렇게 내 기다림은 계속되었고, 어느새 석 달의 시간이 흘렀다.

    당장 내일이 민조의 생일이니 마냥 민조의 연락만을 기다릴 수는 없었다. 나는 휴대폰을 들고 떨리는 손가락으로 천천히 민조의 이름을 눌렀다. 메시지 창을 열었다 닫았다 하며 짧은 문장을 썼다 지우기를 반복했다.

    '잘 지내?'

    너무 뻔했다.

    '잠깐 얼굴 볼 수 있어?'

    부담스러울 것 같았다. 전에는 이름만 불러도 쉽게 다가갈 수 있었는데, 이제는 말을 거는 것조차 어려웠다. 나는 간신히 메시지를 보냈다.

> 뭐 해?

곧 메시지 옆 숫자 '1'이 사라졌다. 화면을 멍하니 바라봤다. 민조는 몇 분이 지나도 답이 없었다. 가슴이 답답해지고 손바닥에 식은땀이 배어 나왔다. 나는 심호흡을 하고 다시 한 번 메시지를 보냈다.

> 나 할 말 있는데, 시간 되면 답 좀 줄래?

여전히 침묵이었다. 민조는 원래 무슨 말이든 쉽게 내뱉지 않았다. 오래 곱씹고 말하는 사람이 민조였다. 아마 무슨 말을 어떻게 해야 할지 고민 중일지도 몰랐다. 아니면… 나와 정말 끝났으니 대답할 필요가 없다고 여기는 건지도. 나는 답장을 기다리며 한참을 뒤척이다 겨우 잠이 들었다.

다음 날, 방과 후 축구 연습 중에도 머릿속엔 온통 민조 생각뿐이었다. 때마침 민조가 예준과 함께 운동장 벤치에 앉아 있었다. 공을 차면서도 두 사람이 자꾸만 눈에 밟혔다.

둘이 무슨 이야기를 그렇게 오래 나누는지 알 수 없었지만, 민조가 예준을 뚫어지게 볼 때마다 가슴 한구석이 아려 왔다.

민조가 다른 남자애 얼굴을 저렇게 빤히 쳐다본 적이 있었나. 나는 괜히 축구공을 발끝으로 건드리며 흙먼지만 일으켰다.

'왜 하필 박예준이지?'

민조가 다른 애들이랑 어울리는 건 내가 참견할 바 아니었다. 근데 하필 박예준이라니.

예준과는 초등학교 때 꽤 친했다. 같은 학교는 아니었지만 같은 학원에 다니며 가까워졌다. 마침 같은 중학교에 배정받아 반가웠는데, 중학생이 되면서부터 예준은 뭔가 달라졌다. 은근슬쩍 친구들 무리에서 대장처럼 구는 게 느껴졌달까.

한 번은 예준이 친한 남자애들끼리 모인 단톡방에 어떤 여자애 뒷담화를 했다. 그냥 재수 없다는 식이었지만, 나는 예준이 그 여자애한테 고백했다가 차였다고 짐작했다.

예준은 초등학교 때도 여자애한테 차일 때마다 험담을 슬쩍 하곤 했다. 그때는 장난으로 넘길 수 있는 정도였다. 하지만 언제부턴가는 아니었다. 선을 넘는 말들을 함부로 쏟아 냈다. 나 역시 무슨 실수라도 하면 예준이 나에 대해 험하게 뒷말을 할 것 같았다. 결국 나는 조용히 단톡방을 나왔고 예준과 자연스레 멀어졌다.

그런데 지금, 민조가 예준 옆에 앉아 웃음을 터뜨리고 있었다. 속이 어지럽게 뒤섞이더니, 결국 내 발끝에서 공이 거칠게 튀어 나갔다.

쾅!

공이 민조가 앉은 벤치 뒤편 담벼락에 세게 부딪쳤다. 그 소리에 민조와 예준이 동시에 고개를 들었다. 민조의 눈이 휘둥그레졌다. 가슴이 철렁 내려앉았다. 나는 공을 주우러 최대한 천천히 벤치 쪽으로 걸었다. 가까워질수록 심장이 쿵쾅거렸다. 그새 민조와 예준은 다시 대화에 집중하고 있었다. 민조의 머리가 예준 쪽으로 살짝 기울어 있었다. 예준은 과장스레 손짓을 해 가며 뭔가를 설명하고 있었다. 나는 잠자코 둘의 목소리에 귀 기울였다.

"나는 그냥… 네가… 해 주면 좋겠어."

예준의 말이었다. 중간중간 잘 들리지 않았지만 농담조로 느껴지진 않았다. 민조가 발로 흙먼지를 일으키더니, 고개를 돌렸다.

"예준아, 그건 좀…."

일부러 걸음을 늦췄다. 공을 줍는 척하며 느릿느릿 걸었다. 예준이 한 박자 늦게 말을 이었다.

"넌 알잖아. 내가 이런 말 꺼내기까지 얼마나 고민했는지."

민조는 아무 말이 없었다. 나는 숨을 죽인 채 귀를 기울였다.

"우리 둘… 잘 될 수도 있잖아."

그 말에, 등줄기를 타고 서늘한 기운이 번졌다. 고백으로밖에 안 들리는 말이었다. 민조는 고개를 숙이고 손끝만 만지작거렸다. 더는 듣고 싶지 않았지만 이상하게 발이 떨어지지 않았다.

그때였다. 주우려던 공이 손끝에서 미끄러져 벤치 쪽으로 굴러갔다. 흠칫하며 발을 내뻗었지만 이미 늦었다. 공은 멈출 줄 모르고 굴러가 민조의 발끝에 닿았다.

민조와 예준이 동시에 고개를 들었다. 민조의 눈이 조금 커졌다. 얼굴이 뜨겁게 달아올랐다. 애써 아무렇지 않은 척 웃으며 변명을 뱉었다.

"미안. 공이 갑자기 움직였어."

민조는 잠깐 굳었다. 혹시 내 눈치를 살핀 걸까. 하지만 곧 아무렇지 않은 얼굴로 공을 집어 내게 건넸다. 나는 민조의 눈을 제대로 마주 보지 못했다.

황급히 몸을 돌려 축구장으로 돌아왔다. 손에 든 축구공이 유난히 무겁게 느껴졌다. 민조는 아무렇지 않아 보였다. 표정도 흔들리지 않았다. 나는 여전히 손끝이 저릿했다. 조금 전 민조의 손이 닿았던 자리가 그랬다.

공을 엉망으로 굴렸고, 패스도 죄다 놓쳐 버렸다.

"야, 정신 차려!"

친구가 내 어깨를 툭 쳤지만, 내 시선은 이미 다른 데 가 있었다. 멀찍이서 민조가 예준과 인사를 나누고 도서실 쪽으로 향하고 있었다.

축구 연습이 끝나자마자 가방에서 민조의 생일 선물을 꺼내 들었다. 숨이 차도록 뛰어서 도서실 앞까지 갔다. 문 안쪽에서 형광등 불빛이 새어 나왔다. 나는 숨을 고르며 손에 든 책을 내려다봤다. 심장이 터질 것만 같았지만, 결국 문을 살짝 밀고 민조를 불렀다.

잠시 뒤 민조가 도서실 안에서 나왔다. 처음엔 놀란 눈으로 나를 보더니 이내 담담한 표정으로 돌아왔다. 나는 애써 목소리를 가다듬었다.

"생일 축하해."

민조가 쓴웃음을 지었다. 무슨 생각을 하는 걸까?

나는 민조에게 준비한 책 선물을 건넸다. 민조는 책을 꺼내 보더니 입을 막았다.

"어디서 구했어?"

나는 어깨를 으쓱이며 태연한 척 말했다.

"다 방법이 있지."

민조는 한 장 한 장 책을 펼쳐 보느라 바빴다. 나는 헛기침했다. 지금 이 말을 꺼내도 되는 건지 망설여졌지만 결국 입을 열었다.

"근데 너, 요즘 예준이랑 친한 것 같더라."

민조의 눈썹이 살짝 꿈틀거렸다. 민조는 책에서 시선을 떼지 않은 채 대답했다.

"같은 초등학교 졸업했으니까."

말투는 담담했지만, 책장을 넘기던 손이 잠시 멈췄다.

"근데…"

민조가 고개를 들어 나를 보았다.

"어제 피곤해서 메시지 답을 못 했어. 나한테 무슨 할 말 있어?"

나는 아랫입술을 꾹 깨물었다. 숨을 크게 들이쉬고 어렵게 입을 열었다.

"그냥… 오늘 네 생일이니까."

민조가 눈을 깜빡이더니 대답했다.

"고마워."

눈앞에 민조가 서 있는데, 손을 잡을 수도, 안아 줄 수도 없었다. 나는 그저 고개만 주억거릴 뿐이었다. 잠깐의 정적이 흘렀다. 민조가 다시 책장을 넘기기 시작했다. 나는 아랫입술을 꼭 깨물었다가 결국 말해 버렸다.

"예준이가… 너한테 고백했어?"

민조가 고개를 들지 않은 채 대답했다.

"예준이 얘기, 안 하면 안 될까?"

나는 뒤통수를 긁적이며 말했다.

"난 그냥… 네가 걱정돼서."

민조가 고개를 들었다. 눈빛에서 초조함이 보였다. 나는 더듬거리며 말을 이었다.

"나도 걔랑 한때 친했거든. 지금은 아니지만. 아무튼 조심하는 게 좋아."

민조가 손끝에 힘을 주며 책을 덮었다. 그리고 내게 말했다.

"걔 얘긴 하지 말아 달라니까."

목소리가 서늘했다. 내 콧잔등에 식은땀이 맺혔다. 민조가 한숨을 내쉬었다.

"나 요즘 계속 뭔가에 쫓기는 기분이야. 그래서 네 앞에서 있는 것도 버거워."

나는 민조를 걱정스레 바라보았다.

"무슨 일 있는 거야?"

민조는 힘없이 고개를 저었다.

"지금은… 말 못 해. 나중에는 말할 수 있을지도 모르겠다."

잠깐 침묵이 흘렀다. 민조는 책등을 매만지다 결심한 듯 입을 열었다.

"나… 실은 아직도 너 좋아해."

심장이 철렁 내려앉았다. 민조는 여전히 책등만 보면서 말했다.

"근데 그게 전부는 아닌 것 같아. 많은 게 두렵거든. 아직 내가 연애할 준비가 안 돼서 그런가 봐."

나는 한 발짝 다가갔다. 하지만 차마 민조의 손을 잡을 수는 없었다. 민조는 책을 쓰다듬더니 나를 살짝 안았다.

"이 책 받으면, 네 생각이 더 날 것 같아. 고마워. 마음만 받을게."

민조가 내게서 몸을 돌리는 순간, 문득 민조가 낭독해 줬던 시구가 떠올랐다.

"갈매나무!"

내가 큰 소리로 외치자, 복도를 지나가던 애들이 우리를 힐끗 쳐다보았다. 민조가 놀라서 다시 내쪽으로 몸을 돌렸다. 나는 최대한 기억을 떠올리며 말했다.

"민조 너도… 갈매나무 같은 사람이야. 드물고, 단단한…. 그래서 난 네가 좋은 거야."

내 목소리가 떨렸다. 민조의 얼굴에 옅은 미소가 번졌다. 민조는 아무 말 없이 고개만 끄덕였다. 그리고 곧 도서실 안으로 돌아갔다. 문이 천천히 닫히는 순간, 나는 외쳤다.

"기다릴게!"

곧 문이 닫히고, 민조가 시야에서 사라졌다. 나는 책을 가슴에 꼭 안았다. 그냥 그렇게, 한참을 서 있었다.

♥ 에피소드 2 ♥
셔틀콕은 돌아올 거야

> 〈 문의 게시판 ≡
> ───────────────────────
> **[미답변] 기능 개선 요청합니다 (비밀글)**
> 익명
> 안녕하세요. 앱 잘 쓰고 있는데요, 말 좀 하나 할게요. 왜 성지향성 설정하는 게 없어요? 저는 여자고, 여자만 좋아하거든요. 요즘 세상에 이런 기능도 없이 앱 만든 거 이해 안 되네요. 답변 주세요.

요즘 학교에서 제일 잘나가는 화제는 아이돌도 아니고, 중간고사도 아니고, '연애 예보' 앱이다. 쉬는 시간마다 누가 누구랑 매칭됐는지 얘기하느라 학교 곳곳이 늘 소란스러웠다.

누가 운영자인지 맞혀 보겠다고 웅성거리는 애들이 있는가 하면, 프로필 사진을 바꿔 올리느라 바쁜 애들도 있었다. 매칭이 뜬 상대방과 진짜로 친해질 확률이 높아진다느니, 썸이 생긴다느니, 벌써 서른 커플은 넘게 생겼다느니 하는 여러 소문이 쏟아졌다.

사실 나는 다 관심 없었다. 정확히 말하면, 보라의 앱에 정현호가 추천되기 전까지는 말이다.

3일 전, 학교에 같이 가려고 보라네 집 앞으로 갔다. 보라는 아파트 단지 앞에 벌써 나와 있었다. 놀래 주려고 살금살금 다가가는데, 보라가 폰을 보며 히죽 웃고 있었다. 내가 코앞까지 다가갔는데도 폰에서 눈을 못 떼길래 뭐가 그렇게 재밌는지 궁금했다.

"웍!"

내가 양손을 말아 쥔 채 깜짝 놀래자, 보라가 비명을 질렀다.

"깜짝이야!"

나는 보란 듯이 혀를 빼꼼 내밀었다. 보라는 눈을 흘기더니, 대뜸 내게 폰 화면을 들이밀었다.

"이것 봐. 대박이지?"

화면에는 어떤 남자애의 사진과 함께 '90%'라는 숫자가 떠 있었다. 사진을 눌러 확대해 보니 정현호였다. 나도 모르게 미간이 찌푸려졌다. 내 표정을 본 보라가 눈을 가늘게 뜨고 콧등을 찡그렸다.

"뭐야, 너! 지금 질투하는 거야?"

나는 손사래 치며 뒤로 물러났다.

"아니! 절대 아니지!"

보라가 키득거리며 내게 팔짱을 꼈다.

"그냥 재미로 하는 거잖아. 네가 해도 된다며! 남들 다 하니까 나도 한번 해 보고 싶었단 말이야."

도저히 포커페이스가 되지 않았다. 보라가 내 어깨에 머리를 기대며 말했다.

"여자든 남자든 네가 다 이긴다며. 아니야?"

나는 애써 웃으며 머리를 쓸어 넘겼다.

"맞아. 내가 다 이겨."

보라는 팔짱을 빼더니 내 뺨을 부드럽게 만졌다.

"앱 지울게. 걱정 마셔!"

그러고는 앞장서 걸었다. 뭐가 그렇게 신이 나는지 가볍게 깡충거리기까지 했다. 나는 한 손으로 관자놀이를 눌렀다. 처음에는 별일 아니라고 생각했다. 보라의 앱에 남자애가 추천된 건, 이성애 기반의 앱이니까 당연한 거라고. 솔직히 학교든 학부모든 이 어설픈 연애 조장 앱을 내버려둔 것도 그냥 애들 장난으로만 보기 때문일 거였다.

그런데도 자꾸 신경이 쓰였다. 정현호는 작년에 이어 올해도 나와 같은 반이었기 때문에 대충 어떤 녀석인지 알았다. 공부는 못해도 성실히 운동하는 축구부 훈남. 그 정도? 아, 도서실 지박령 김민조랑 사귀기도 했지. 여자 보는 눈이 제법 있다고 생각했을 뿐, 내게는 안중에도 없는 흔한 남자애였다.

보라는 이미 나와 반년 넘게 사귄 여자친구였다. 그런데도 불안한 건 어쩔 수가 없었다. 나야 아주 어릴 때부터 지금까지 주야장천 여자만 좋아했지만⋯ 정작 여자친구를 사귄 건 보라가 처음이었다.

그건 보라도 마찬가지였다. 다만 보라에게는 2년 넘게 사귀었던 전 남자친구가 있었다. 장난처럼 짧게 사귄 남자애는 셋이 넘는다나? 고백을 받으면 그냥 사귀었다고, 그런 건 익숙하다고 농담처럼 말했다. 나는 그게 부럽기도 하고, 묘하게 내가 초라하게 느껴지기도 했다.

게다가 보라는 자신이 양성애자일지도 모르겠다고 고백

했다. 아직 확실한 건 아니고, 자기에 대해 알아가는 과정인 것 같다고. 우린 아직 열여섯 살이니까 당연히 그럴 수 있다고 쿨한 척 넘겼지만, 사실은 하나도 안 괜찮았다. 성별을 막론하고 세상 모든 사람이 내 귀여운 여자친구를 빼앗아 갈 것만 같았다. 그러다 정현호 그 녀석이 90퍼센트의 확률로 보라의 앱에 떠 버린 거다.

보라의 앱에 정현호가 뜬 바로 그날. 체육 선생님이 배드민턴 수행평가를 위해 조를 짜겠다고 말했다. 아이들은 쭈뼛거리며 제비뽑기 상자에 손을 넣었다. 보라 차례였다. 그런데 종이를 펼쳐 본 보라의 입이 쩍 벌어졌다. 내가 다가가자 보라가 쓴웃음을 지으며 종이를 내보였다. 하필이면 정현호였다. 나도 모르게 손바닥으로 뺨을 문질렀다.

"뭐, 우연의 일치일 뿐이니까."

보라가 어깨를 으쓱거렸다. 멀찍이서 정현호가 이쪽으로 걸어오는 게 보였다. 앞머리가 땀에 젖어 있었고, 체육복 바지 주머니에 라켓을 꽂은 채였다. 녀석이 무표정한 얼굴로 다가오는 게 썩 기분 좋지 않았다. 나는 허리에 손을 얹고 무심한 척 말했다.

"쟤, 라켓 잡을 줄은 알겠지?"

보라가 엄지와 검지를 턱에 괴고 나를 지그시 보더니, 킥 웃음을 터뜨렸다. 나는 그저 입술만 꽉 오므릴 뿐이었다. 보라는 내 어깨를 툭툭 두드리고는 정현호에게로 달려갔다. 둘은 눈을 맞추며 인사를 나누었다. 정현호가 무슨 말을 했는지, 보라는 활짝 웃으며 잇몸을 시원하게 드러냈다. 진짜 웃길 때 아니면 쉽게 안 보여 주는 표정인데…. 나는 손톱을 물어뜯었다. 둘은 나란히 마주 보더니 라켓을 들어 올려 단단히 맞댔다.

'내 여자는 내가 지켜야 해.'

드라마에서 남자 주인공이 폼 잡으며 하는 대사를 내가 곱씹고 있다니. 아이고, 머리야.

나는 파트너가 된 도겸과 셔틀콕을 주고받으며 정현호를 곁눈질했다. 키가 180센티미터 가까이 되는 정현호보다야 작지만, 나는 여자애들 중에서 큰 편이었다. 게다가 정현호는 키만 컸지 딱히 잘생긴 얼굴은 아니었다. 오히려 길 가다 사람들이 돌아볼 정도는 아니어도, 내 얼굴이야말로 보라 취향에는 딱 맞는 고양이상이었다. 성적? 두말하면 입이 아팠다. 축구밖에 모르는 정현호보다는 내 등수가 더 높은 게 당연했다.

키, 얼굴, 성적…. 적어도 그 기준들로만 따지면, 나는 정현호를 가뿐히 이겼다. 그런데도 마음 한구석이 껄끄러웠다. 자꾸만 걸리는 게 하나 있었다. 그 애한테는 분명 있고, 나한테는 아무리 찾아도 없는 단 하나.

그것.

그래, 결국 그거였다.

그 말도 안 되는 생각이 머릿속을 빙글빙글 돌더니, 어느 순간 나는 몸의 균형을 놓치고 말았다.

"으악!"

바닥에 무릎을 찧고 넘어졌다. 아이들 몇몇이 나를 흘긋 보았다. 얼굴이 화끈 달아올랐다. 바로 그때, 내 위로 그림자가 드리워졌다.

"괜찮아?"

보라였다. 나는 대충 실수였다고 얼버무렸다. 보라가 씩 웃으며 속삭였다.

"자꾸 한눈파니까 그렇지."

보라도 나를 지켜보고 있었던 걸까. 어쩐지 뜨끔했다.

보건실에 다녀오라는 도겸의 말을 무시한 채 다시 라켓을 들었다. 이제부터는 절대 고개를 돌리지 않겠다고, 오직 셔틀콕만 바라보겠다고 마음을 다잡았다. 정현호보다 단 1점이라도 더 따내고 싶었다. 그런데… 그런데도… 시선이 자꾸만 정현호에게로 갔다.

'이건 선 넘는 거야! 정신 차려, 송아빈!'

나는 눈을 질끈 감고 고개를 세게 저으며 다시 라켓을 들어 올렸다.

보라와 함께 교실에 돌아가는 길, 운동장에서 웬 축구공이 내 쪽으로 굴러왔다. 나는 잽싸게 주변을 살폈다. 멀리서 정현호도 공을 본 듯 몸을 움직이려는 기세였다. 나는 당장 달려 나가, 평소라면 절대 안 건드렸을 그 공을 발로 뻥 차 버렸다. 다행히 공은 큰 포물선을 그리며 날아갔다. 정현호가 놀란 듯 멀리서 움찔하는 게 보였다. 내가 헛기침을 하자 보라가 웃음을 참는 듯 인중을 늘였다. 보라가 끝내 웃음을 터뜨릴까 봐 나는 일부러 표정을 굳히고 무심한 척 앞만 보고 걸었다.

그렇게 며칠이 흘렀다. 수행평가 날짜가 다가올수록 체육관은 점심시간마다 소란스러워졌다. 급식을 먹고 나면 매점으로 몰려가거나 교실에서 수다 떨던 애들이 어느새 라켓을 들고 코트로 향했다. 보라도 그중 하나였다.

"아빈아, 나 연습 좀 하고 올게."

점심시간이면 늘 나랑 운동장을 천천히 걸으며 산책하던 보라가, 요즘은 정현호와 함께 체육관으로 향했다. 나도 질 수 없지. 나는 교실에서 패드 화면에 코를 박은 채 뭔가를 쓱쓱 그리고 있는 도겸의 책상 앞으로 성큼성큼 다가갔다.

"이도겸."

도겸이 대답 대신 나를 빤히 올려다보았다.

"배드민턴 연습하러 가자."

"나 이거 완성해야 되는데."

나는 패드에 비친 그림을 힐끗 보고는 혀를 끌끌거렸다.

"그만하고 운동이나 해. 손목 힘을 길러야 선도 안 흔들리지."

도겸이 펜을 멈추더니 패드를 내려놓았다.

"정곡을 찔렸네. 안 그래도 요즘 선에 힘이 없는 것 같았거든."

아무렴 상관없었다. 나는 도겸의 팔을 잡아끌고 체육관으로 향했다. 물론 연습은 핑계였다. 내 진짜 목적은 내 여자친구와 정현호를 지켜보는 일이었다.

도겸과 셔틀콕을 툭툭 주고받으며 나는 자꾸만 보라 쪽을 힐끔거렸다. 정현호가 스매싱을 날릴 때, 그걸 받아 내며 웃는 보라의 얼굴이 해사했다. 보라가 웃을 때마다 마음 한구석이 묘하게 저릿했다.

"송아빈, 너 때문에 내 손목이 더 고통받고 있어!"

도겸이 엉뚱한 데 떨어진 셔틀콕을 가리켰다. 나는 어깨를 으쓱하며 얼른 셔틀콕을 주워 들었다.

점심시간이 끝났다는 종이 체육관 스피커로 울려 퍼졌다. 보라가 정현호와 하이파이브하는 게 보였다. 나는 입술을 꼭 깨물었다. 보라가 운동화 끈을 고쳐 묶는 사이, 나는 정현호에게 다가갔다.

"야, 정현호."

정현호가 고개를 돌렸다. 시큰둥한 표정이었다. 나는 라켓을 어깨에 걸친 채 턱으로 코트를 가리켰다.

"우리 둘이 한판 할래?"

정현호가 살짝 눈을 찌푸렸다.

"지금?"

"아니, 이따 종례 다 끝나고."

정현호는 머리를 긁적이더니 말했다.

"축구부 연습이 있어서 좀…."

"짬 내면 되잖아. 나랑 한번 붙어 보자고."

나는 목소리에 최대한 힘을 주어 말했다. 농담처럼 들리면 안 될 것 같았다. 정현호가 나를 한참 보더니 마지못해 입을 열었다.

"그럼, 내일 종례 끝나고."

내가 고개를 끄덕이자, 정현호는 말없이 수건으로 목덜미를 훔쳤다.

"근데 너."

나도 모르게 말이 튀어나왔다.

"좋아하는 사람 있어?"

정현호가 망설이더니 대답했다.

"있어."

그 한마디가, 심장을 제대로 강타한 셔틀콕 같았다. 가슴이 옥죄는 느낌이 들었다. 정현호는 수건을 어깨에 걸친 채 체육관을 빠져나갔다. 나는 그 뒷모습을 바라보며 손끝이 하얘질 정도로 라켓을 꽉 쥐었다.

"현호랑 무슨 얘기를 그렇게 했어?"

어느새 보라가 내 옆으로 다가왔다. 나는 의기양양하게 말했다.

"나 내일 정현호랑 한판 뜨기로 했어."

보라가 눈을 가늘게 떴다.

"진짜로. 배드민턴 치기로 했어. 내가 이길 거야."

나는 걸음을 옮기며 라켓을 한 번 휘둘러 보였다.

"그러니까… 잘 보고 있어야 돼."

보라는 입술을 달싹이더니 이내 아무 말도 하지 않았다. 나는 머쓱해져 일부러 한 발짝 앞서 걸었다. 내일이면 정현호의 코를 납작하게 눌러 주고, 나 자신한테도 증명해 보일 거다. 내가 정현호보다 더 나은 사람이라고. 그러니까 우리 커플은 괜찮을 거라고.

다음 날 방과 후, 나는 체육관으로 결연하게 향했다. 손바닥에 땀이 찰 정도로 긴장이 됐다. 정현호를 이기기만 하면, 더는 보라 앞에서 지질하게 굴지 않게 될 것 같았다. 하지만 막상 정현호와의 대결은 싱겁게 끝났다. 시작한 지 5분도 안 되어 점수 차가 벌어졌고, 내 라켓은 허공만 가르기 일쑤였다. 셔틀콕이 내 발밑에 떨어질 때마다 속이 시커멓게 타들어 갔다.

어느새 마지막 셔틀콕이 바닥에 떨어졌다. 나는 라켓을 내려놓고 숨을 몰아쉬었다. 그제야 코트 구석에 있던 보라가 눈에 들어왔다. 어색하게 웃고 있는 보라의 얼굴을 차마 마주 볼 수 없었다. 나는 고개를 돌려 버렸다.

"야, 괜찮아?"

정현호가 손을 내밀었지만, 나는 그 손을 마주 잡지 않았다.

전혀, 괜찮지 않았다.

진심으로 이기고 싶었다. 단순히 배드민턴 때문이 아니었다. 보라가 왜 나를 선택했는지, 내가 그 곁에 있어도 되는지, 그걸 증명하고 싶었다. 정현호보다 내가 낫다는 걸 스스로 믿고 싶었다.

그런데… 지고 말았다. 아무리 힘껏 쳐도 공은 네트를 넘지 못했다. 이렇게 비참할 수가 없었다. 정현호는 나보다 키도 크고, 재빠르고, 그리고… 뭐, 그 외에도 내가 갖지 못한 걸 가졌지만….

무엇보다, 자기를 한 번도 의심하지 않았다.

나는 매 순간 머뭇거렸다. 몸이 아니라 머리로만 계산했고, 불안해서 주춤거렸다. 아마 오늘 내가 진 진짜 이유는 그거였을 거다. 내 본능을 끝까지 믿지 못한 것.

억지로 몸을 일으켰다. 무릎이 쑤셨고, 손바닥은 희미하게 떨렸다. 내가 져 버렸다는 사실보다 그걸 보라가 지켜봤다는 게 더 속상했다.

보라가 내 곁으로 다가왔다. 나는 무릎 사이로 고개를 파묻었다.

"올림픽이라도 하는 줄 알았네."

보라가 억지로 농담을 던졌지만, 내가 반응하지 않자 침묵이 흘렀다. 한숨 섞인 목소리가 뒤따랐다.

"너 혹시… 연애 예보 때문에 그래?"

나는 고개를 들었다. 입을 꾹 다물었지만, 이내 참지 못하고 말해 버렸다.

"넌… 누가 좋다고 하면 다 받아 주잖아."

보라의 표정이 굳었다.

"그게 무슨 뜻이야?"

말문을 연 내가 스스로도 어이없었지만, 이미 튀어 나간 말을 주워 담을 수도 없었다. 입안이 바짝 말라 왔다.

"정현호가 너 좋아한다고 하면… 난 네가 거절할 거라고 장담 못 하겠어."

보라의 표정이 싸늘하게 식어 갔다.

"아빈아, 지금 하고 싶은 말이 뭐야?"

"난 그냥… 네가 부러웠어. 모두한테 사랑받는 네가. 모두한테 당당한 네가."

나는 시선을 피하며 말을 이었다.

"네가 날 좋아한다고는 했지만… 난 그 말이 진짜인지 믿을 수가 없어. 언제든 내가 다른 사람으로 대체될 것 같아서."

"뭐라고?"

보라의 눈빛이 크게 흔들리더니, 얼굴이 하얗게 질려 버렸다. 나는 목이 메어 큼큼거리다 말했다.

"네가… 쉽게 날 버릴 것 같다고."

보라는 깊은 한숨과 함께 고개를 떨구고 두 눈을 감았다.

"너, 남자랑 오래 사귀었잖아. 그래서… 언젠가는 다시 돌아갈 것 같았어. 남자한테."

보라는 라켓 손잡이를 만지작거리다가 낮은 목소리로 말했다.

"내가 너한테 뭘 증명이라도 해야 돼? 나도 나를 아직 모르겠는데…."

"그게 아니라…."

"확실한 건, 나는 널 좋아했고 지금도 그래. 근데 네 말을 들으니까… 내가 이상한 사람이 된 기분이야. 끔찍해."

보라는 한 발짝 물러서더니 체육관 문을 열고 나가 버렸다.

나는 텅 빈 코트를 멍하니 바라보다 라켓을 허공에 휘둘렀다. 바람을 가르는 소리가 들렸다. 아무것도 맞지 않은 헛스윙이었다.

며칠 동안 보라와 나는 서로 모르는 사이처럼 지냈다. 말을 나누기는커녕 눈도 마주치지 않았다. 가끔 보라가 나를 힐끔 보면 나는 괜히 책에 얼굴을 묻었다. 물론, 나도 보라를 힐끔 보게 됐다. 복도 끝에서, 보라가 친구들 사이에 끼어 웃고 있을 때…. 보라가 나 없이도 잘 웃는 게 부러웠다.

솔직히 먼저 손을 내밀고 싶었다. 그런데 그게 안 됐다. 괜히 눈물이 날 것 같았고, 다시 보라와 멀어질까 봐 겁이 났다. '혹시라도 이게 진짜 우리의 끝이라면….' 그 생각만으로도 속에서 뭔가 자꾸 끓어올랐다. 시커멓게 고인 마음의 찌꺼기들이 부글부글 들끓는 것 같았다. 그걸 입에 털어 넣으면, 분명 한약처럼 쓰디쓸 거다. 지금 내 마음이 딱 그런 맛이었다.

보라는 내게 몇 번 다가오는 듯하더니, 결국 아무 말 없이 나를 스쳐 지나갔다. 우리 사이는 그렇게 점점 멀어져 갔다. 교실이라는 작은 어항 안에서 서로를 외면한 채 필사적으로 잠수하고 있는, 숨 막히는 기분이었다.

수행평가 날, 나는 체육복을 갈아입고도 한참을 자리에서 일어나지 못했다. 정현호의 빈자리를 멍하니 보고 있는데, 복도 쪽 창문이 열렸다. 김민조였다. 민조는 조심스럽게 고개를 들이밀더니 나를 보고 알은체를 했다.

"아빈아, 현호 어디 갔어?"

나는 심드렁하게 대답했다.

"오늘 아프다고 결석했어."

민조는 눈을 한 번 깜빡이더니, 손에 들고 있던 무언가를 가방에 넣었다.

"…그래? 몰랐네. 고마워."

그 말만 남기고 민조는 서둘러 돌아갔다. 창문 닫히는 소리가 가볍게 울렸다. 나는 다시 정현호의 빈자리를 보았다.

'뭐야, 둘이 다시 잘해 보려는 건가? 그럼 정현호가 좋아한다는 사람이 김민조였어? 그럼… 보라는?'

속이 뒤집히는 기분이 들었다. 머릿속이 어지러워져 숨을 깊게 들이마셨다.

'아니야, 신경 끄자. 어차피 망쳤는데….'

나는 자리에서 천천히 일어났다. 마지막 배드민턴을 치러 갈 차례였다.

랠리가 끝나자 도겸이 조용히 손을 내밀었다. 나는 숨을 고르며 그 손을 잡았다. 손바닥이 미지근했다.

"고생 많았어."

내가 멋쩍게 말하자 도겸이 입꼬리를 살짝 올리고 말했다.

"덕분에 손목 힘은 몰라도 달리기는 빨라졌어. 고마워."

나는 피식 웃었다. 도겸이 미소를 머금은 채 손목을 털며 자리로 돌아갔다.

"다음 박보라, 정현호."

체육 선생님이 출석부를 들여다보다가 고개를 갸웃했다.

"정현호 오늘 결석이야?"

선생님은 멀뚱히 보라를 보며 중얼거렸다.

"어쩌지… 다음에 따로…."

나는 잠시 망설이다 손을 번쩍 들었다. 선생님이 내 쪽으로 눈을 돌렸다.

"제가 보라 파트너 할게요."

나는 자리에서 벌떡 일어났다. 목덜미에 맺힌 땀을 손바닥으로 쓱 닦았다. 보라가 내 쪽을 보더니 고개를 살짝 끄덕였다.

"좋아, 아빈이가 수고해 줘."

보라가 맞은편에 섰다. 우리 둘 사이에 네트가 하나 놓였다. 얇고 가벼운 그물 하나가, 우리를 이렇게 멀리 떨어뜨려 놓을 줄은 몰랐다.

"제한 시간 2분. 랠리 20회 이상 만점이다. 준비됐으면, 시작!"

호루라기가 울리자 셔틀콕이 내 쪽으로 날아왔다. 나는 라켓을 들어 받아 쳤다. 공이 휙 날아갔다. 보라는 거의 동시에 몸을 기울여 정확하게 쳐냈다. 하나, 둘, 셋⋯ 숫자를 세려 했지만 숨이 가빠 세기가 버거웠다. 발밑으로 떨어질 듯한 공을 향해 달려가며 라켓을 휘둘렀다. 손끝이 떨렸지만, 그래도 공은 다시 보라 쪽으로 날아갔다.

"열다섯!"

체육 선생님의 목소리가 들렸다. 숨이 턱 밑까지 차올랐다. 팔이 뻐근하고 다리가 당겼지만 멈추고 싶지 않았다. 이대로 계속 보라와 랠리를 이어 가고 싶었다. 보라의 스매싱은 빠르고 정확했다. 공을 치는 타이밍이 어쩜 그렇게 잘 맞는지, 보라는 실수 하나 없었다. 나는 뒤늦게 따라가며 또다시 라켓을 들었다.

사실 늘 무서웠다. 내가 아무리 받아 쳐도, 언젠가는 보라가 먼저 나를 놔 버릴 거라는 두려움이 있었으니까. 그게 자꾸만 나를 괴롭혔으니까.

그런데 지금, 공이 네트를 넘으면 다시 돌아올 거라고, 보라가 끝까지 받아 줄 거라고 나는 굳게 믿고 있었다. 랠리는 절대 혼자서는 이어지지 않는다는 걸 내 몸은 이미 알고 있었던 거다.

"오케이, 스물! 박보라 만점!"

선생님이 호루라기를 불고 기록표에 체크했지만 우리는 멈추지 않았다. 랠리를 이어 가 보자고 눈빛으로 말을 주고받았다. 셔틀콕은 멈출 줄 모르고 오갔다. 네트를 사이에 두고 나와 보라가 나란히 움직일 때마다, 공이 머리 위로 날아올 때마다, 보라가 내 눈을 잠깐씩 바라보았다. 나도 눈을 피하지 않았다. 서로에게 말하지 못한 감정들이 셔틀콕에 실려 오갔다.

도겸과 랠리를 할 때, 셔틀콕이 바닥에 떨어지면 나는 무조건 도겸부터 탓했다. 네가 굼떠서, 손목이 약해서, 나보다 운동신경이 부족해서…. 그런데 지금은 그냥 알 것 같았다. 내 몸이 말해 주고 있었다. 내가 받아 내지 못한 공은 오롯이 내가 감당할 몫일 뿐이라는 것. 누굴 탓할 게 아니라 그냥 내 힘으로 다시 치면 되는 거였다.

마지막 공이 내 쪽으로 깊숙이 떨어졌다. 나는 받아 칠 수 있을 거라고 믿었다. 한 치의 의심 없이 있는 힘을 다해 몸을 던졌다. 하지만 라켓 끝은 셔틀콕을 스치지도 못했다. 공이 힘없이 바닥에 툭 떨어졌다.

나는 그대로 무릎을 꿇었다. 숨이 턱 막혔다. 다리가 후들거리고 머릿속은 텅 빈 것처럼 멍했다. 보라가 조용히 다가왔다. 라켓을 한 손에 들고 나를 내려다보았다.

"고마워."

보라가 말했다. 나는 고개를 끄덕였다. 땀에 젖은 머리카락이 뺨에 붙었다. 숨을 몰아쉬며 천천히 몸을 일으켰다. 라켓을 쥔 손끝이 아직도 떨렸다.

종이 울렸다. 우리는 말없이 체육관을 나왔다. 라켓을 손에 든 채, 나는 천천히 걸었다. 발소리가 툭툭 울렸다. 보라는 내 옆을 따라 걷고 있었지만 우리 사이에는 여전히 말이 없었다.

복도 창밖으로 늦은 오후 햇살이 길게 드리워졌다. 내 그림자 옆에 보라의 그림자도 나란히 겹쳤다. 손끝이 닿을 듯 말 듯한 거리였다. 나는 몇 번이나 말을 걸고 싶었다.

'아까 서브 진짜 잘 넣더라….'

하지만 목구멍에 걸린 말은 끝내 나오지 않았다. 우리는 그저 두 그림자가 포개지는 시간을 함께 걷고 있을 뿐이었다.

나도 모르게 보라 쪽으로 몸을 돌렸다. 땀에 젖은 손바닥이 미끄러웠다.

'보라가 내 손을 뿌리치면 어떡하지.'

손끝이 가볍게 떨렸다. 그래도 아무것도 안 한 채 이대로 보라를 놓칠 수는 없었다. 나는 아주 천천히 손을 내밀었다. 보라는 잠시 멈칫하더니 이내 내 손을 꼭 잡았다. 빈틈없이 맞물린 손가락 사이로 보라의 온기가 전해졌다.

교실 앞에 다다랐을 때, 보라가 고개를 살짝 돌렸다.

"아까… 마지막 셔틀콕, 일부러 살살 친 거야?"

내가 고개를 저었다.

"그럴 리가. 진심으로 쳤어."

나도 모르게 웃음이 새어 나왔다. 보라가 목을 가다듬더니, 내 귀에 속삭였다.

"있지, 나는 정현호 말고, 다른 남자 말고… 그 어떤 여자애도 아닌, 송아빈. 널 좋아해."

그 순간, 이상하게도 나를 괴롭히던 그것이 불쑥 떠올랐다. 아무리 찾아 봐도 내게는 없는 그것. 그런데 더는 아무렇지도 않았다. 그런 게 없어도 지금 나는 보라의 손을 잡고 있고, 그걸로 충분했으니까.

나는 부드럽게 입술을 잘근거리다 용기 내 말했다.

"뽀뽀해도 돼?"

보라가 나를 빤히 보더니 천천히 고개를 끄덕였다. 그제야 나는 살짝 몸을 기울여 보라의 뺨에 조심스럽게 입을 맞췄다. 내가 먼저 입을 맞춘 건 처음이었다. 보라의 뺨이 발그레해졌다. 나도 마찬가지였다. 우리는 여전히 손을 꼭 맞잡은 채 교실로 함께 걸어 들어갔다.

<   문의 게시판   ≡

[답변 완료] 기능 개선 요청합니다 (비밀글)

운영자

미처 생각 못 했습니다. ㅠㅠ 다음 업데이트에 꼭 반영하겠습니다.

♥ 에피소드 3 ♥
폭우가 지나야 보이는 것들

<   소셜 - 실시간 인기 글   ≡

AI도 외모 보는 듯

익명

현실에서도 인기 많은 애들이 앱에서도 매칭률이 높더라고요. 다른 애들 앱 보면, 매칭률 90% 넘는 애들은 거의 정해져 있는 느낌이랄까? AI가 성향이랑 관심사도 본다고는 하지만… 결국 예쁘고 잘생긴 애들만 밀어주는 거 아닌가 싶어요. 괜히 현타 와서 써 봅니다.

댓글 (29)

ㄴ 익명 나도 느꼈음. 인기투표 앱이나 다름없음. ㅋㅋㅋ
ㄴ 익명 결국 애들 생각이 AI한테 적용되는 거니까, 이건 뭐 당연한 결과 아닌가?

> ┗ 익명 김설민 추천되게 해 주세요!
> ┗ 익명 2222
> ┗ 익명 3333
> ┗ 익명 44
> ┗ 익명 현실 그대로 복붙한 앱 같아서 어느 순간부터 알림을 잘 안 켜게 됨.
> ┗ 익명 솔직히 현질하라고 만든 앱인 듯.

댓글을 다 읽고 나니 괜히 또 한숨이 나왔다. 다들 이미 알고 있었던 거다. 이 앱이 얼굴 보는 건 당연한 거라고. 그럼 나는? 나 같은 애는 애초에 기대를 하지 말라는 거지. 나는 90퍼센트 이상의 매칭률이 뜬 적도 없을뿐더러, 누군가에게 '좋아요'를 받아 본 적도 없다. 뭐, 나도 보낸 적 없긴 하지만.

물론 나보다 상태가 심각한 애들도 있긴 하다. 그렇다고 그걸로 마음이 편해질 리가 있나. 내가 쟤보단 낫다고 위안 삼는 게 더 한심하고 웃겼다. 앱이 문제인지, 내가 문제인지 솔직히 이제는 궁금하지도 않았다.

김설민 같은 애들은 이 앱이 얼마나 재밌을까? 아니, 걔한테는 앱이 굳이 필요도 없겠지. 남자애들이 줄줄이 사탕처럼 굴러오는데, 앱이 뭐가 재밌겠어. 현실이 이미 꿀잼일 텐데.

가만히만 있어도 뭐든 남들보다 쉽게 얻는 애들은 대부분

예쁘고 말랐다. 세상은 그런 애들에게 훨씬 더 관대해 보였다. 남사친 현호는 내가 이런 소리를 할 때마다 말했다.

"그게 전교 3등이 할 소리냐?"

하지만 나는 공부 말고는 내세울 게 없다. 그것도 죽어라 매달려서 겨우 따라가는 수준이다. 내 인생은 굽이굽이 굴곡진데, 걔들 인생은 뻥 뚫린 고속도로 같달까. 그래서 더 부러웠다. 타고난 외모 하나로 별다른 노력 없이 사랑받는 애들. 나는 뭐 하나 얻으려면 이를 악물어야 하니까. 그런 게 제일 짜증 났다.

그래서일까. 불만덩어리인 내 얘기를 묵묵히 들어 주는 민조가 부쩍 고마웠다. 연애 예보 앱이 생기고 나서는 마음이 괜히 더 뒤숭숭해졌다. 보기 싫다면서도 하루에도 몇 번씩 들여다보게 됐고, 볼수록 기분은 더 엉망이 됐으니까. 그럴 때마다 민조만큼 내 편이 되어 주는 애도 없었다.

민조는 내 몇 안 되는 진짜배기 친구다. 현호는 원래 아빠들끼리 친구라 어릴 때부터 봐 온 사이였고, 민조는 작년에 같은 반이 되면서 친해졌다. 그때 현호까지 같은 반이었는데, 어느새 둘이 몰래 썸을 타더니 연애까지 하고 있었다. 그럴 거면 오래오래 행복하든가. 결국 둘이 헤어지는 바람에 나는 둘을 따로따로 만나야 하는 처지가 됐다. 그나마 다행인 건 민조가 올해도 나랑 같은 반이라는 거였다.

쉬는 시간, 민조와 복도를 느릿하게 걸었다. 가는 비가 유리창에 부딪히며 툭툭 소리를 냈다. 나는 투덜거렸다.

"안 그래도 힘든데 비까지 오고 난리야. 세상 참 얄짤없다니까."

민조가 내게 팔짱을 끼며 다정하게 물었다.

"뭐가 그렇게 힘든데?"

나는 툭 내뱉었다.

"입 열면 한도 끝도 없어. 네 귀에 굳은살 박일걸? 그냥 넘어가자."

민조가 피식 웃더니, 슬쩍 입을 열었다.

"또 연애 예보 보고 스트레스받은 거 아니야?"

나는 고개를 돌려 민조를 노려보았다.

"너도 정현호랑 똑같은 소리 하려는 거면…."

나도 모르게 얼굴이 확 달아올랐다. 전 남친 이름을 언급해 버리다니.

"아… 아니다, 미안."

"괜찮아."

민조가 쓸쓸하게 웃었다. 하나도 안 괜찮아 보였다. 이왕 깽판 친 김에, 이 기회를 놓치고 싶지 않았다.

"말이 나와서 말인데…."

나는 목소리를 낮추고 말을 이었다.

"현호 얘기하면 아직 불편해?"

민조가 대답 대신 천장을 올려다보았다. 나는 괜히 덧붙였다.

"그냥… 작년이 그리워서 그래. 셋이 붙어 다니던 거 생각나서."

민조가 쓴웃음 짓더니 입을 열었다.

"미안해. 괜히 우리 때문에 너만 곤란해지고."

내가 손사래를 치자, 민조가 말을 이었다.

"그래도 아직은… 현호 얘기는 안 하면 좋겠어. 마음이 좀 그래서."

나는 입술을 꼭 다물었다. 할 말이 목구멍까지 올라왔지만, 민조 얼굴을 보니 꾹 삼킬 수밖에 없었다. 알겠다는 말 대신 고개만 끄덕였다. 그제야 민조는 살짝 미소 지었다.

"지이 넌 어때? 연하남이랑 잘돼 가?"

나는 민조를 흘겨보았다.

"괜히 말했어! 걔랑은 잘되고 자시고 할 것도 없다니까."
민조가 쿡쿡 웃더니 말했다.
"솔직히 너도 연애하고 싶잖아."
나는 콧방귀를 뀌었다.
"연애가 뭐 별거냐. 다 시간 낭비지. 우리, 공부나 하자."
진심으로 연애 따위 필요 없다고 생각했다. 연애란 불필요한 감정 소모일 뿐이라는 걸 숱한 웹툰과 드라마를 통해 이미 섭렵한 나 아닌가. 물론 가끔은 나도 궁금했다. 누군가한테 내가 나라는 이유로 사랑받는 기분. 누군가 내 행동 하나하나에 집중해 마음을 써 주고, 귀여워해 주고, 걱정해 주는 그 기분. 나랑 상관없는 일이라고 느낄수록 더 궁금해지는 것도 사실이었다. 연인들은 뭐가 그렇게 좋길래 지나가는 솔로 따위는 안중에도 없다는 듯 서로를 꼭 끌어안고 입을 맞추는 건지.

나는 고개를 가로저었다. 다 부질없는 짓이다. 차라리 그 시간에 영어 단어 하나라도 더 외우는 게 내 인생에 훨씬 도움이 될 거였다. 암, 그렇고말고.

방과 후, 민조는 도서부에 갔고 다른 애들은 금세 하교했다. 나는 혼자 교실에 남아 영어 단어를 외웠다. 오늘은 특히 더 집중해야 했다. 민조가 말했던 '연하남' 가람과 엄마 친구인 가람네 엄마가 우리 집에 저녁 먹으러 온다고 했으니, 집에 가면 분명 시끄러울 거였다. 그럴 바엔 학교에서 조용히 외우고 가는 게 나았다.

하루에 영단어 80개는 외워야 그나마 마음이 놓였다. 얼굴로는 이미 게임이 끝났을지 몰라도 전교 상위권 자리는 놓치고 싶지 않았다. 전교 1등까지 이제 딱 두 명 남았다. 조금만 더 악착같이 버티면 혹시 또 모르잖아? 내 인생에서 내 맘대로 되는 게 성적뿐이라면, 하루에 영단어 80개쯤이야.

단어장을 넘기다 한 단어가 눈에 들어왔다.

ordinary. 평범한, 보통의.

별표가 쳐져 있는 단어였다. 기출 어휘라고 적혀 있었지만, 그보단… 그냥 눈에 밟혔다.

'이거 완전 나잖아.'

나도 모르게 피식 웃음이 나왔다. 특별함이라고는 눈 씻고 찾아 봐도 없는 나를 완벽히 정의하는 단어 같았다.

단어 아래쪽에 설명된 반의어들이 눈에 띄었다. 내가

'ordinary'라면 가람은 이 반의어 중 하나가 어울리는 애였다.

가람과는 어릴 때부터 엄마들 따라 서로 집을 드나들며 자란 사이였다. 같은 초등학교를 졸업했고, 같은 중학교에 다니면서 지금도 종종 얼굴을 보는, 사실상 가족 같은 남자애. 오래전부터 나는 그 애를 마음에 품고 있었다.

시작은 초등학교 6학년 무렵이었던 것 같다. 반에 나를 이따금 괴롭히던 남자애가 있었다. 그날은 특히 심하게 굴어 나는 운동장 한가운데서 펑펑 울고 말았다. 그런데 어느 틈에 나타난 가람이 자기보다 덩치가 훨씬 큰 형에게 바락바락 화를 내는 거였다. 지이 누나한테 사과하라고, 안 그러면 내가 가만 안 두겠다고. 결국 가람은 그 애에게 한 대 얻어맞고 말았다. 집으로 돌아가는 길, 우리는 둘 다 훌쩍거리면서 손을 꼭 잡고 걸었다. 아마 그날부터였던 것 같다. 내 마음이 살짝 기울기 시작한 게.

그렇게 몇 년을 묻어 두고 지냈던 감정이 작년쯤 확 타올라 버렸다. 시내 패밀리 레스토랑에서 가람네와 외식을 한 날이었다. 부모님들이 계산하는 동안 나와 가람은 문 앞에서 기다리고 있었다. 그때 엘리베이터 문이 열리며 갑자기 현호가 나타났다. 현호가 가람을 보더니 내 어깨를 툭 쳤다.

"남친이냐?"

나는 어이가 없어서 헛웃음을 뱉었다. 가람은 못 들은 척 계산대에 있는 사탕을 집어 들고 있었다.

"남친이겠냐?"

내 말에 현호가 킬킬 웃었다.

"잘해 봐. 둘이 엄청 잘 어울리는데?"

나는 팔꿈치로 현호를 쿡 찔렀다. 가람은 가만히 사탕을 입안에서 굴리고 있었다. 그때 문득 보였다. 어느새 도드라진 목젖, 훌쩍 커 버린 키, 넓어진 어깨, 괜히 눈길이 가는 팔뚝 근육까지…. 가람의 모든 것이 새삼 낯설게 느껴졌다.

그래, 나도 인정한다. AI가 얼굴만 본다며 투덜거렸지만, 사실 나도 얼빠다. 가람만 보면 심장이 쿵쾅거리니까. 그런데도 그 마음을 티 낼 수는 없었다. 오랜 시간 가족처럼 지내 온 사이라 더더욱 그랬다. 그리고 무엇보다, 외모에 끌리는 내가 정작 외모 지상주의가 지배하는 세상에서 들러리밖에 못 된다는 사실이 비참했다.

나는 자리에서 일어나 교실 뒤쪽 거울 앞에 섰다. 둥글고 특별할 것 없는 이목구비. 턱끝에는 작은 뾰루지 하나. 턱을 잡고 얼굴을 이리저리 돌려보았다.

"아, 진짜…. 왜 이렇게 생긴 거야."

무심코 튀어나온 말에, 또 웃음이 났다.

ordinary.

그 단어가 다시 떠올랐다. 김설민은 가만히 있어도 얼굴에서 광이 나던데. 비싼 스킨로션이라도 쓰는 건가.

나는 다시 자리에 앉아 습관처럼 연애 예보 앱을 켰다. 소셜 탭을 열자 커플 인증 글이 주르르 떴다. 서로 '좋아요'를 누르고 매칭된 두 사람이 실제로 만나면 인증 글을 올릴 수 있었다. 앱으로 둘이 사진을 찍으면 매칭률이 스티커처럼 자동으로 찍혔다. 숫자가 높을수록 더 대단한 커플 취급을 받다 보니, 이제는 그냥 커플 인증할 때 매칭률까지 자랑하는 게 '국룰'이 돼 버렸다.

90퍼센트 매칭… 92퍼센트… 또 90퍼센트….

주먹으로 턱을 괴고 바라보다가, 속으로 중얼거렸다.

'이 숫자들에 도대체 무슨 의미가 있는 거지?'

만나서 지지고 볶는 것까지 계산되는 것도 아닌데, 연애를 누가 채점해 주나?

나는 어깨를 으쓱하며 눈에 띄는 프로필을 눌렀다. 피부는 우유처럼 뽀얗고, 아이돌 댄스도 잘 추는 데다, 바이올린 콩

쿠르 수상 경력까지.

'와, 인생 치트키네.'

다른 프로필도 눌렀다. 농구부 주장에 잘생긴 얼굴, 게다가 전교 10등 안에 든다는 자랑까지. 헛웃음이 새어 나왔다.

'나는 뭐지. 내가 전교 3등이든 전교 꼴등이든 누가 관심이나 있겠어?'

그러다 낯익은 이름을 발견했다.

> 이도겸, 미술부, 초상화 그려 드려요. 한 장에 5천 원.

별종이라 불리는 옆 반 도겸이 사진 속에서 어색하게 웃음 짓고 있었다.

"뭐야? 네가 왜 여기서 나와?"

도겸의 프로필에는 자기 사진보다 자기가 그린 그림이 훨씬 더 많았다. 앱이 워낙 잘나가다 보니 도겸처럼 연애 목적 말고 용돈벌이로 쓰는 애들도 있는 모양이었다. 하긴 앱 운영자부터가 돈 벌 궁리를 하는 앱이니 그럴 만도 했다.

그렇게 생각하니 내가 더 우스웠다. 그림도 못 그려, 춤도 못 춰, 전교 1등도 아니고 전교 3등이라고 떠벌릴 용기도 없어…. 평범하기 짝이 없는 내가, 이 앱에서 뭘 찾겠다고 이러고 있는 건지. 욕은 욕대로 하면서 틈만 나면 앱을 들여다보는 내가 솔직히 제일 한심했다.

빗소리가 들렸다. 나는 창밖으로 시선을 돌렸다. 운동장이 흐릿하게 젖어 있었다. 책상 위에는 아직 외우지 못한 단어가 줄줄이 남아 있었지만, 도저히 집중이 되지 않았다.

"이놈의 앱을 삭제하든가 해야지."

투덜거리며 펜을 필통에 담았다. 오늘은 이쯤하고 밤에 집에서 마저 외우기로 했다. 가방을 메고 자리에서 일어섰다. 교실 문을 밀고 나서자 복도가 고요했다. 희뿌연 빛 속에 먼지가 느리게 떠돌았다. 하교 시간이 한참 지난 학교는 괜히 낯설었다.

나는 무심코 운동장 쪽을 보았다. 비에 젖은 농구대 아래 누군가 우산을 든 채 서 있었다. 얼핏 보아도 누구인지 한눈에 알 수 있었다.

가람이었다.

나는 걸음을 멈췄다. 비가 이렇게 쏟아지는데 왜 저러고 서 있는 거지? 누가 벌이라도 세운 건가? 가람은 비 맞는 걸 싫어했다. 초등학생 때는 비가 오면 내 우산 속으로 뛰어 들어와 꼭 붙어 다니기도 했다. 괜히 마음이 내려앉았다. 무슨 일이 있는 것만 같았다.

가까이 다가가자 교복 재킷을 벗어 어깨에 걸친 채 비에 젖은 농구공을 만지작거리는 가람이 보였다. 나는 괜히 목을 가다듬었다.

"유가람!"

가람이 고개를 들더니 멋쩍게 웃었다.

"어, 지이 누나."

나는 걱정스레 물었다.

"비도 오는데 여기서 뭐 해? 이따 우리 집에서 저녁 먹기로 한 거 알지?"

"난 못 갈 것 같아. 누구를 좀 만나기로 했거든."

"누구?"

가람이 망설이다 말했다.

"3학년 중에 김설민이라는 누나 알아?"

나는 무심하게 고개를 끄덕였다.

"우리 반인데. 왜?"

"앱으로 매칭됐거든. 학교 끝나고 여기서 만나기로 했는데…."

가람이 폰을 들여다보며 중얼거렸다.

"아직 안 오네. 이제 폰 배터리도 없는데."

나는 멍해졌다. 가람의 목소리는 평소처럼 담담했지만, 그 안에 묘한 설렘 같은 게 묻어 있었다.

하필이면 김설민이라니.

가만히 있어도 눈부신, 모두에게 사랑받는 바로 그 김설민. 유가람, 너까지 그런 애한테 끌리는 거야?

나는 우산 손잡이를 꽉 쥐었다. 손끝이 하얗게 질릴 만큼 힘이 들어갔다.

"…그래. 잘됐네."

목소리가 갈라졌다. 내 귀에도 어색하게 들렸지만, 가람은 신경 쓰지 않는 듯했다. 나는 괜히 젖은 흙바닥을 운동화 끝으로 푹 짓이겼다. 빗방울은 쉴 새 없이 떨어졌다. 나는 가람을 내버려둔 채 집으로 발걸음을 옮겼다. 뒤도 돌아보지 않았다. 괜히 돌아보면, 울 것 같았다.

집에 도착하자 된장찌개 냄새가 났다.

"지이야, 수저 좀 놔라."

엄마가 부엌에서 소리쳤다. 나는 대답 없이 수저를 챙겨 식탁 의자에 앉았다. 식탁에는 가람의 몫이 비어 있었다. 못

온다고 미리 연락한 모양이었다. 숟가락을 들었지만 밥알이 목구멍으로 잘 넘어가지 않았다. 괜히 밥그릇 가장자리를 숟가락으로 쿡쿡 찔렀다. 속마음이 나도 모르게 새어 나왔다.

"걔가 뭐가 좋다고…."

엄마와 이모가 고개를 갸웃했지만 나는 괜히 입술만 삐죽거렸다.

식사 분위기는 평소처럼 흘러갔다. 두 어른은 시댁 이야기, 직장 이야기로 바빴다. 나는 계속 숟가락만 굴렸다. 김설민의 이름을 말하던 가람의 표정이 자꾸만 떠올랐다.

"엄마, 나 배불러. 방에 좀 있을게."

의자에서 일어나, 밥그릇을 싱크대에 조용히 내려놓았다. 엄마와 이모가 걱정스레 내 표정을 살폈지만 대꾸할 힘이 없었다.

방문을 닫은 뒤, 침대에 털썩 몸을 던졌다. 푹신한 베개에 얼굴을 묻었지만 속이 전혀 가라앉지 않았다. 누구의 잘못도 아닌데, 모든 게 왜 이렇게 엉망진창인 걸까. 손을 뻗어 책상 위의 핸드폰을 집어 들었다. 화면을 툭툭 쳐 설민의 SNS에 접속했다.

밝은 조명 아래, 환하게 웃고 있는 설민. 그 애 옆에는 늘

친구들이 있었다. 같은 반 여자애들은 물론 남자애들, 학원 친구들까지. 사진 속 설민의 미소를 보는 것만으로도 내 마음 어딘가가 묘하게 저릿했다.

'나는….'

숨을 들이켰다가 천천히 내쉬었다.

'왜 이렇게 별로지?'

손끝이 저렸다. 괜히 헛웃음이 나왔다. 그때 문득 가람이 떠올랐다. 빗속에서 우산을 쓴 채 가만히 서 있던 모습. 지이 누나라고 부르던 목소리.

"지이 누나! 나도 데려가!"

어릴 적부터 가람은 나를 잘 따라다녔다. 지금은 내가 아닌 다른 누나를 기다리고 있지만.

그때의 나는 귀찮아하면서도 꼬물거리는 가람의 손을 꼭 잡아 주었다.

'그땐 내가 세상에서 제일 좋다고 했는데.'

눈을 감았다. 가람에게 나는 그저 친누나나 마찬가지일 뿐이었다. 가람은 어릴 적 그대로인데 나 혼자만 변해 버린 거였다. 그런데도, 나는 자꾸만 기대하게 됐다. 가람에게 친한 누나 이상이 되고 싶었다. 설민과 함께 있을 가람을 생각하자

가슴이 답답해졌다.

"하아."

눈꺼풀이 뜨겁게 달아올랐다. 때마침 설민의 SNS 프로필 사진 테두리가 굵어졌다. 실시간 사진이나 영상을 올렸다는 뜻이었다. 나도 모르게 냅다 눌러 보았다.

> 폭우 속 오락실 도착★ 신상은 못 참지!

반짝이는 오락기 불빛 아래, 설민은 친구들과 어깨를 맞대고 웃고 있었다. 사진 어디에도 가람은 보이지 않았다.

가람은 지금 폭우 속에서 저 하나만 기다리고 있는데.

나는 핸드폰을 꽉 쥐었다. 손끝이 부르르 떨렸고, 심장이 조여드는 것만 같았다.

'김설민, 지금 뭐 하자는 거지?'

나는 가람에게 전화를 걸었다. 가람의 핸드폰은 꺼져 있었다. 불안이 뱃속 깊은 곳에서부터 끓어올랐다. 혹시, 아직도 운동장에서 기다리고 있는 걸까? 아니면 그냥 집으로 돌아가고 있을까? 알 수 없었다. 그래서 더 무서웠다.

나는 이불을 걷어차고 일어났다. 현관에서 운동화를 구겨

신는데, 부엌을 정리 중이던 엄마가 놀란 눈으로 물었다.

"비도 많이 오는데, 지금 어디를 나가는 거야?"

"뭘 좀 찾으러 가야 돼!"

나는 우산 하나만 들고 폭우 속으로 뛰어들었다.

빗방울이 얼굴을 따갑게 때렸지만, 멈출 수 없었다. 운동화는 물론 양말까지 순식간에 축축하게 젖어 버렸다. 한 발 한 발, 진창을 잘바닥대며 달렸다.

학교 운동장에 다다르자 가람의 모습이 보였다. 작은 우산 속에 몸을 욱여넣은 채 빗속에 가만히 서 있었다. 저렇게 앞뒤 안 가리고 묵묵히 기다리는 게 참 미련하다 싶으면서도, 또 그게 가람답기도 했다. 나는 숨을 몰아쉬고 가람 앞으로 달려갔다. 철퍼덕거리는 소리에 가람이 고개를 들었다. 우리의 눈이 마주쳤다. 순간, 가람이 환하게 웃었다.

"지이 누나?"

그 한마디에, 내 마음이 와르르 무너져 내렸다.

"바보야, 너 지금 여기서…."

말이 채 끝나기도 전에 울음이 터졌다. 나는 손등으로 얼굴을 훔쳤다. 눈물이 멈추지를 않았다. 빗물인지 눈물인지 구분도 되지 않았다.

"누나, 괜찮아?"

가람이 놀란 얼굴로 다가왔다. 나는 대답 대신 고개를 저었다. 비바람이 더 세차게 몰아쳤다. 가람이 내 손목을 잡았다.

"일단 저쪽으로 가자."

우리는 운동장 한쪽, 강당과 연결된 처마 밑으로 달려갔다. 가람이 우산을 접어 벽에 세웠다. 나는 여전히 흐느꼈다. 목이 메어 아무 말도 나오지 않았다. 가람이 망설이다가 조심스럽게 내 어깨에 손을 얹었다.

"괜찮아, 누나. 나 여기 있어."

나는 손등으로 눈가를 훔치고 떨리는 목소리로 말했다.

"나도 왜 왔는지 모르겠는데, 그냥 계속 생각났어. 네가 혼자 비 맞고 있는 게, 이상하게 너무… 걱정됐어."

처마 위에서 후드득후드득하는 빗소리가 들려왔다. 우리는 잠시 그 자리에 쪼그려 앉아 쏟아지는 빗소리를 들었다. 나는 가람을 슬쩍 보았다. 가람은 멋쩍은지 턱을 문지르면서 가만히 나를 살피고 있었다. 숨을 고르고 말했다.

"나 바보 같지?"

가람은 고개를 젓지도, 끄덕이지도 않았다. 그저 살짝 미소 지은 채 대답했다.

"무슨 소리야! 누나가 와 줘서 너무 고맙지."

나는 젖은 운동화로 시선을 떨어뜨렸다. 이렇게 힘들게 달려왔는데도, 가람이 빗속에서 기다린 사람은 내가 아니었다. 그건 어쩔 수 없는 사실이었다. 그런데도 마음 한쪽이 찌르르 아려 왔다. 이대로 가람을 집으로 데려다주면, 가람이 설민에게 바람맞은 거라는 사실을 알려 주면… 내 마음은 편해질까? 그게 정말 내가 원하는 걸까?

나는 꺼진 핸드폰을 쥐고 허공에 시선을 던진 가람을 바라보았다. 내가 좋아하는 사람이 나를 좋아하지 않는 건 평범한 멜로드라마 클리셰였다. 아마도 조연의 서사일 게 뻔한. 나는 여자 주인공을 질투하고, 시샘하고, 속이고, 괴롭히는 그런 악역은 되고 싶지 않았다. 이 이야기의 주인공이 아무리 내가 싫어하는 김설민이라도 페어 플레이를 하고 싶었다.

나는 주먹을 말아 쥐고, 잠깐 심호흡한 뒤 가람에게 말했다.

"가자. 내가 김설민 있는 데로 데려다줄게."

비가 조금 잦아든 사이 우리는 나란히 운동장을 빠져나왔다. 신발에 스며든 빗물이 무겁고 축축했다. 그래도 꾹 참고 걸었다. 이게 내가 할 수 있는 최선의 선택인 것 같아서. 스스로에게 부끄럽고 싶지 않아서.

한참 걷다 가람이 슬쩍 물었다.

"근데 누나가 설민 누나 있는 데를 어떻게 알아? 안 친한 거 아니었어?"

순간 죄지은 사람처럼 깜짝 놀라고 말았다. 김설민의 SNS를 염탐하는 게 내 은밀한 취미라고, 차마 말할 수는 없었다. 나는 손을 주머니에 쑤셔 넣으며 아무렇지 않은 척 말했다.

"아까 SNS에서 봤거든. 김설민 오락실에 있는 거. 지금도 거기 있지 않을까?"

가람은 고개를 끄덕이며 고맙다고 대꾸했다.

'나, 지금 잘하고 있는 거 맞지?'

발걸음은 오락실로 향했지만, 마음은 제자리에서 한 발도 떼지 못하고 있었다. 내가 나 스스로를 조연의 자리로 몰아넣고 있는 건 아닐까? 아니면 김설민 같은 애들의 들러리가 되는 걸 당연히 받아들이고 있는 건가? 별별 생각이 꼬리를 물던 그때, 저만치 오락실의 화려한 네온사인이 보였다.

오락실 앞에 도착했을 때 설민은 벽에 기대 누군가와 통화를 하던 참이었다. 통화를 마치고 돌아선 설민이 우리와 눈이 마주쳤다. 설민의 눈이 커다래졌다.

"어? 최지이 맞지? 나랑 같은 반."

나는 어색하게 고개를 끄덕였다. 설민은 곧 가람에게 시선을 옮겼다.

"넌 유가람 아니야? 나랑 매칭된?"

가람이 머리를 긁적이며 작게 네, 하고 대답했다. 설민은 우리 둘을 훑어보더니 눈썹을 찌푸렸다.

"둘 다 꼴이 왜 그래? 비 맞은 생쥐들 같아."

설민은 입고 있던 빨간색 카디건을 벗어 내게 내밀었다.

"이거라도 걸쳐. 감기 걸려."

나는 손사래 쳤다.

"내가 알아서 할게."

설민은 내 말은 듣지도 않고 내 어깨에 카디건을 걸쳤다.

"진짜 감기 걸린다니까."

그때 가람이 옆에서 속삭였다.

"누나 그냥 입어. 춥잖아."

나는 괜히 헛기침을 하고 카디건 소매를 잡았다. 설민이 씩 웃으며 말했다.

"이렇게 만난 것도 인연인데, 농구 한판 하고 가라. 안 그래도 팀 짜기 애매했거든."

설민의 목소리가 들떠 있었다. 가람이 나를 흘끗 보더니 미안한 듯 억지웃음을 지었다. 나는 팔짱을 낀 채 설민을 똑바로 보았다.

"김설민 너, 사과부터 해야 하는 거 아니야?"

설민이 나와 가람을 천천히 번갈아 보며 눈썹을 찡그렸다가 풀었다. 뭔가 눈치챈 듯한 표정이었다. 설민은 고개를 갸웃거리며 폰을 꺼내더니 채팅창을 켜 내밀었다.

> 그럼 내일모레 학교 끝나고 농구대 밑에서 봐!

유가람
> 넵 누나. ㅎㅎ

내일모레? 나는 설민과 가람을 차례로 보았다. 가람의 얼굴이 순식간에 하얘졌다.

"죄송해요, 누나. 날짜를 헷갈렸어요."

설민은 한쪽 입꼬리를 올리더니 말했다.

"괜찮아. 이렇게 된 거 같이 놀다 가자."

때마침 오락실 안에서 설민의 친구들이 나왔다.

"뭐 해? 빨리 안 들어오고?"

설민은 그 애들에게 우리를 소개해 주었다. 아이들이 과장스레 환대해 주었다. 가람이 나를 보며 말했다.

"누나, 잠깐만 같이 놀다 가자."

"나 집에 가야 되는데…."

내가 한숨을 삼키자, 설민이 내 손목을 잡으며 말했다.

"네가 나한테 사과해야 될 차례 아닌가? 같이 노는 걸로 퉁 칠게."

농구 게임기는 시끄러웠다. 공이 철망에 튕길 때마다 쾅쾅거리는 소리가 났다. 설민은 큰소리치며 공을 던졌지만 매번 골대를 빗나갔다. 친구들이 깔깔거리며 놀리자 설민은 쓴웃음을 짓더니 지폐를 꺼내 동전으로 한 움큼 바꿔 왔다.

"너네, 나 한 골 넣을 때까지 여기서 못 나간다!"

가람은 그 모습을 보며 소리 내 웃다가, 내 눈치를 보았다. 그리고 비에 젖은 내 머리카락을 조용히 털어 주었다.

"누나, 안 추워?"

나는 웃으며 고개를 끄덕였다.

설민은 허당 같았다. 친구들에게 놀림도 받고, 실수해도 대수롭지 않게 웃어넘겼다. 누군가를 휘두르는 여왕벌도, 모두가 무조건 좋아하는 완벽한 주인공도 아니었다. 그냥 친구들이랑 떠들다 웃는, 조금 허술하고 평범한 아이였다.

나는 왜 설민을 마냥 미워했을까. 부러워서, 그걸 인정하기 싫어서 색안경부터 썼던 건지 모르겠다.

오락실을 나서자 어느새 밤이었다. 설민과 친구들은 우리와 반대 방향으로 갔다. 인정하고 싶지 않지만, 나는 설민과 약간 가까워진 것 같았다. 설민은 어떻게 생각할지 모르겠지만.

비는 많이 잦아들었지만 여전히 길바닥에는 물웅덩이가 고여 있었다. 나는 설민이 빌려준 가디건을 단단히 여몄다. 가람이 옆에서 쿡쿡 웃었다.

"누나 없었으면, 나 진짜 바보 될 뻔했어."

나는 눈을 흘겼다.

"바보 됐거든?"

말은 뾰족하게 나갔지만, 나도 모르게 입꼬리가 올라갔다. 가람이 웃음기를 조금 거둔 얼굴로 나를 슬쩍 보았다. 그러더니 시선을 급하게 돌려 버렸다. 그 짧은 순간, 놀란 건지 당황한 건지 가람의 표정이 어딘가 묘했다.

바람이 불어 머리카락이 흩날렸다. 가람이 무심코 내 머리카락을 정리해 주다 말고 멈추었다. 우리 사이의 공기가 미묘하게 달라졌다. 어색한데, 싫지 않은. 조금은 기대되는 간지러운 느낌이었다.

아파트 단지 앞에 다다랐을 때, 가람이 발걸음을 멈췄다.

"누나, 근데… 아까 왜 그렇게 울었어?"

나는 마른침을 꿀꺽 삼켰다. 올 것이 왔구나. 나는 천천히 입을 열었다.

"종일 기분이 엉망이었어. 내 마음은 확실한데, 네 마음이 나랑 다른 것 같아서."

가람은 걸음을 멈추고 내 앞에 섰다.

"누나, 나 좋아해?"

순간 심장이 멈추는 줄 알았다. 뭐지? 이 분위기는? 나는 그냥 멜로드라마의 조연 아니었나? 진짜 내 이야기의 주인공이 될 수 있는 거야?

가람의 뺨이 발그레해졌다. 가람은 내 대답을 기다리지 못하고 불쑥 말했다.

"난 누나 좋아해. 실은… 아까 깨달았어."

나는 두 눈을 빠르게 깜빡였다. 손끝이 떨렸다. 누구나 자기 인생의 주인공이라지만, 나에게도 이런 기적이 나타날 줄이야. 이건 꿈이 아니었다. 드라마도 아니고, 유튜브 실험 카메라 콘텐츠 따위도 아니었다. 내 눈앞에서 일어나는 현실이었다.

나는 정신을 부여잡고 가람의 얼굴을 똑바로 보았다. 내가 좋아하는 가람의 순한 눈망울이 오롯이 나를 향해 반짝이고 있었다. 나도 모르게 입을 열었다.

"가람아, 나 너 많이 좋아해."

나는 가람의 손목을 잡고 망설임 없이 끌어안았다.

가람의 품이 세상에서 가장 아늑하게 느껴졌다. 꼭 가슴 한구석에 보일러를 켠 것처럼 온몸으로 온기가 퍼져 나갔다. 축축했던 손끝도, 떨리던 심장도 서서히 따뜻해졌다. 가람의 심장 소리가 희미하게 들려왔다. 나는 눈을 감고, 작은 숨을 내쉬었다. 가람의 심장 소리와 내 숨결이 고요하게 섞였다. 아무 말도 하지 않고 그렇게 잠깐 안고 있는 것만으로도 마음이 부드럽게 풀어지는 기분이었다.

그래, 이거였다. 연인들이 서로를 끌어안고 입을 맞추는 이유. 그건 나 같은 솔로 나부랭이들을 열받게 하려는 사소한 이유가 아니었다. 이 다정한 온기를, 누군가와 나누고 싶어서였다.

문득 낮에 본 영어 단어가 떠올랐다.

'ordinary. 평범한, 보통의.'

나를 설명하는 단어라며 웃었는데, 지금은 조금 달라졌다. 평범해도 괜찮다. ordinary라도, 내가 나를 좋아해 볼 수 있을 것 같았다. 누군가가 날 좋아해 주는 건 선물 같은 덤일 뿐인 거였다.

세상이 조금은 덜 미워졌다. 이제는 스스로를 믿어도 괜찮을 것 같았다. 그리고 그 시작에 가람이 있었다.

♥에피소드 4♥
삐또와 여러 숫자

> **문의 게시판**
>
> ### [답변 완료] 오류인지 확인 좀요!
>
> **익명**
>
> 안녕하세요! 연애 예보 잘 사용하고 있습니다. 그런데 오늘 추천된 사람과 연애 성공 확률이 15%밖에 안 되네요. 보통 높은 확률의 상대만 추천된다고 알고 있는데, 이거 혹시 오류인가요? 확인 부탁드려요.
>
> ---
>
> **운영자**
>
> 우선 불편을 드려 죄송합니다. 확인해 보니, 시스템에서 예외값이 잘못 출력된 거였어요. 원래 80% 이상 예측 신뢰도가 나와야 추천이 되는데, 가끔 오류 때문에 낮은 확률이 뜨는 경우가 있더라고요. 지금

> 이 부분은 수정 중입니다.
> 예측이라는 게 아무래도 변수가 많다 보니 완벽하긴 어렵지만, 최대한 정확하게 전달되도록 계속 고쳐 나가고 있어요. 예상 밖의 결과로 불편을 드려 죄송합니다. 더 정확한 연애 예보가 되도록 계속 노력하겠습니다. 감사합니다!

 어쩐지 이상했다. 도겸이라니. 게다가 연애 성공 확률 15퍼센트는 또 뭐람.
 도겸의 이름을 보는 순간, 웃지도 못하고 눈만 깜빡거렸다. 도겸은 나와 같은 미술부였다. 태블릿을 애착 인형처럼 끌어안고 다니면서, 종일 그림만 그리는 별종 최도겸.
 솔직히 도겸과의 매칭률이 15퍼센트라는 건 하나도 안 이상했다. 오히려 그럴 줄 알았다. 내 감도, 앱도 꽤 그럴듯하다 싶기도 했고. 그런데도 뭔가 꺼림칙했다. 왜 이런 애를 추천해 준 걸까?
 혹시 오류인가 싶어서 문의를 한번 남겨 보았다. 반쯤 호기심, 반쯤 의아함이 섞인 마음이었다. 얼마 지나지 않아 운영자의 답변이 달렸다. 한 대목이 묘하게 마음에 남았다.
 '예상 밖의 결과'.

나는 예상 밖이 싫었다. 어정쩡하게 튀는 거, 중심에서 비켜나는 거, 다 딱 질색이었다. 예상 가능한 것, 안전하고 괜찮은 것. 나는 '누가 봐도' 괜찮은 애로 보이고 싶었다. 그러니까 예보도 적당한 수치로 떠 주는 게 좋았다. 그래야 내가 괜찮은 사람 같고, 사랑받을 자격이 충분한 사람 같잖아.

당연히 도겸에게 '좋아요'를 누르지는 않았다. 그건 도겸도 마찬가지였다. 그보다 도겸 같은 애가 이 앱에 가입했다는 것 자체가 좀 의외였다. 그림밖에 모르는 외골수도 연애는 하고 싶은 건가? 다시 도겸의 프로필을 확인해 보았다. '초상화 한 장에 5천 원'? 역시, 최도겸이었다.

사실 요즘 이 앱을 안 쓰는 애들이 드물었다. 너도나도 가입해서 연애하겠다고 난리였다. 나도 이 앱으로 썸탄 애들이 있었다. 그중 몇은 내 남사친으로 남았고, 나는 그걸로 충분했다. 나만 생각해 주는 단 한 사람보다, 나를 생각해 주는 여러 사람에게 둘러싸여 있는 게 더 좋았다.

그렇게 생각한 바로 다음 날, 올 것이 오고야 말았다.

"99퍼센트?"

오전 8시, 버스를 타고 등교 중이던 나는 손바닥으로 입을 틀어막았다. 무려 99퍼센트의 매칭 확률로 박예준이라는 애가 추천된 거다. 어제는 15퍼센트더니, 오늘은 99퍼센트라고? 이 앱, 버그라도 생긴 걸까?

하지만 뭐든 순서가 있었다. 박예준이 진짜 괜찮은 상대라면, 버그 따위 모른 척 눈 감아 주는 것도 방법이었다. 오히려 이참에 아이들 사이에서 내 존재감을 끌어올릴 기회일 수도 있고.

그런데, 박예준이 누구더라? 프로필 사진을 보니 오며 가며 몇 번 마주친 듯 낯이 익었다. 인상은 나쁘지 않았지만, 딱히 확 끌리는 스타일도 아니었다.

버스에서 내리자마자 앱을 다시 켰다. 솔직히 궁금했다. 걔는 '좋아요'를 눌렀을까? 99퍼센트면, 박예준이 누구인들 흔들릴 수밖에 없는 수치 아닌가. 턱걸이로 80퍼센트만 나와도 들이대는 애들이 수두룩한데, 99퍼센트면 뭐. 말 다 했지.

♡ 서로 '좋아요'를 누르면 대화창으로 연결됩니다.

알고 있다. 수도 없이 본 문구였다. 그렇지만 99라는 숫자가 워낙 압도적이라, 오늘따라 손끝이 간질거렸다. 그렇다고 내가 먼저 '좋아요'를 누르지는 않을 거였다. 자존심상 용납할 수 없었다. 그냥… 박예준이 눌렀나, 안 눌렀나 확인만 하는 거야.

그런데….

"…어?"

손가락이 미끄러졌다. 그냥 살짝 스친 거였는데, 화면이 번쩍하며 하트 표시가 떴다.

♡ 상대방의 '좋아요'를 기다리는 중….

나는 황급히 뒤로 가기를 눌렀지만, 이미 늦었다. 그 애한테 '좋아요' 알림이 떴을 생각을 하니 식은땀이 다 났다. 지금까지 이런 실수는 한 번도 해 본 적이 없는데….

곧 핸드폰에 진동이 울렸다. 화면을 켜자 알림창이 떠 있었다.

♡ 상대방이 '좋아요'를 눌렀습니다! 지금 대화를 시작해 보세요.

그럼 그렇지. 나는 떨리는 손끝으로 채팅창을 눌렀다.

박예준
안녕 ㅎㅎ 난 1반 박예준이야.

나는 조심스럽게 손가락을 움직였다.

> 안녕 ㅋㅋ 3반 김설민.

> 방금 좋아요… 진짜 실수였는데. ㅋㅋ

실수 치곤 빠르던데?

> 어이없네. ㅋㅋㅋ

장난이야. ㅎㅎ 점심시간에 잠깐 볼래?

망설이다가 답장을 보냈다.

> ㅋㅋㅋ… 어디서?

그렇게 우리 둘은 점심시간, 매점 앞에서 보기로 약속했다. 나는 원래 이런 상황은 절대 혼자 안 넘겼다. 평소라면 친한 친구들이 모인 단톡방에 떠벌리고도 남았을 거다. 그런데 오늘은 이상하게 그러고 싶지 않았다. 별일 아닌 척 웃어넘기기엔 99라는 숫자가 너무 크고, 너무 유일했다.

대신, 나는 은밀하게 물밑 작업을 시작했다.

교실에 도착하자마자, 책상에 엎드려 자고 있는 지이가

눈에 띄었다. 지이 귀에 대고 속삭였다.

"너 혹시 1반 박예준 알아?"

"앗, 깜짝이야!"

화들짝 놀란 지이가 몸을 일으켰다. 그러더니 나를 흘겨보았다.

"키스 일보 직전이었는데!"

나는 귀여운 척 뺨을 부풀리며 다시 물었다.

"응? 응? 박예준 아냐고?"

지이는 진절머리 치더니 답했다.

"어, 알아! 그만해! 이상한 애는 아닌 것 같았어. 근데 걔는 왜?"

나는 지이의 입술에 내 검지를 가져다 대며 말했다.

"비밀."

지이는 도리질 치며 다시 책상 위에 엎드렸다. 친해진 지 얼마 안 됐는데, 내가 너무 들이댔나? 지이도 결국 내 팬이 될 테니까 크게 신경 쓰지 않기로 했다.

이번에는 복도로 나갔다. 마침 복도에서 2반으로 들어가던 보라가 보였다. 나는 보라의 팔을 급히 붙잡았다. 보라 옆에 선 아빈이 경계하듯 나를 물끄러미 보았다.

"아빈아, 표정 풀어라! 나 보라한테 딴마음 없거든."

아빈이 보라와 눈빛을 주고받더니, 교실로 먼저 들어갔다. 보라가 킥킥거리며 나를 보았다.

"대체 뭔 일이길래 아침부터 이 난리셔?"

나는 시치미 떼듯 보라의 교복 셔츠 카라를 쓱쓱 매만졌다.

"아니, 뭐. 별건 아니고…. 너, 1반 박예준이라고 좀 아나?"

보라는 대답 대신 내 가방으로 시선을 옮기더니, 입을 떡 벌렸다.

"야, 삐또 좀 빨아라! 누런 거 안 보여?"

삐또는 내 가방에 달린 못난이 토끼 인형 키링이다. 나는 삐또를 들어 보이며 당당히 말했다.

"이렇게 누레야 멋있는 거야. 이 험한 세상을 맨몸으로 버텼다는 증거지!"

보라가 헛웃음을 뱉으며 팔짱을 끼더니 말했다.

"그래서 삐또 데리고 뒷조사 중이신 거야? 박예준이 뭘 했길래?"

나는 기대에 찬 눈으로 몸을 살짝 기울였다.

"너 뭐 아는 거 없어? 뭐 소문이 안 좋다거나… 그런 거 있잖아."

보라는 잠깐 눈을 굴리더니 말했다.

"글쎄… 별로 안 나대는 스타일 같던데. 왜, 너한테 고백이라도 했어?"

나는 보란 듯이 양손으로 꽃받침을 만들어 턱에 가져다 대고 얼굴을 치켜들었다.

"아직은 몰라. 근데 나 김설민이잖아."

보라는 할 말을 잃었다는 듯 질색하며 고개를 젓더니 교실로 도망가 버렸다.

다른 아이들에게도 물어봤지만 그리 실속 있는 정보는 나오지 않았다. 존재감이 없는 건 아닌데, 그렇다고 티 나게 인기 있는 것도 아닌, 그냥… 뭔가 잘 안 보이는, 숨은그림찾기 속 작은 그림 한 조각 같은 애랄까. 딱히 나쁜 소문은 못 들었으니, 이 정도로 물밑 작업은 마무리했다.

박예준, 99퍼센트. 수치가 높다는 건, 어쨌든 나랑 뭔가 잘 맞는다는 뜻이겠지. 일단 만나 보고 내가 직접 판단하는 게 가장 정확할 거였다. 지금껏 나랑 매칭된 애 중 95퍼센트가 가장 높았지만, 나는 그 애조차 남사친으로 만들어 버렸다. 99퍼센트는 어떨까? 나는 착색이 잘 되는 틴트를 입술에 바르며 혼자 씩 웃었다.

점심시간을 알리는 종이 울리자 아이들이 복도로 우르르 쏟아져 나갔다.

"설민아, 밥 먹으러 가자!"

나는 허공에 빵 봉지를 흔들며 대답했다.

"난 이걸로 때울게. 미술부 과제를 못 끝냈어. 맛있게 먹어!"

친구들이 나간 뒤, 나는 빵을 한 입 물고 미술실로 향했다.

미술부는 원래 일주일에 두세 번만 나오면 되지만, 실기 시험이나 대회를 앞두고는 자율 출석도 허용했다. 나는 반쪽짜리 입시파였다. 스트레스는 받으면서, 정작 그림은 즐기지도 못하는 상태. 그래서 그냥 좋아서 그리는 애들이 가끔 부러웠다. 그 애들은 확실히 선이 달랐다. 대담하다고 해야 하나? 심사위원의 눈치를 볼 필요가 없어서 그런 걸지도 몰랐다. 그중에서도 도겸은 100퍼센트 취미파였다. 동아리 첫날 자기소개 때 얼핏 들은 기억이 있다.

도겸의 자기소개와 첫인상이 어땠었는지 떠올리며 빵을 우물거리다 미술실 문을 열었다. 습한 공기가 훅 끼쳤다. 덜 마른 물감에서 나는 꿉꿉한 냄새에, 오래 쓴 붓을 담가 둔 비릿한 물 냄새까지 뒤섞였다.

교탁 위에는 하얀 천이 깔려 있고, 화병과 사과, 운동화 한 짝이 그 위에 나란히 놓여 있었다. 저 정물들을 자기만의 시선으로 그려 내는 것. 그것이 오늘까지 우리가 제출하기로 한 과제였다.

도겸은 언제 왔는지 이젤 앞에 앉아 토시를 걷어붙이고 있었다. 골똘히 그림을 들여다보며 붓을 움직이는 모습이 꽤 진지했다. 나는 투덜거리며 커튼을 확 젖혔다.

"환기 좀 하지!"

그제야 도겸이 내 쪽을 보았다. 나는 어색한 눈인사를 보내고, 물감으로 얼룩진 앞치마를 걸쳤다. 자리에 앉아 도겸의 그림을 슬쩍 보니 완성하려면 아직 한참 멀어 보였다. 혹시 수채화는 질색인가 싶었다. 하긴 번잡하고 어려워서 나도 좋아하진 않았다.

그런데 도겸의 발치에 구겨진 스케치 종이가 제법 보였다. 지우개 때가 잔뜩 묻은 걸 보니 꽤나 공들인 모양이었다. 와, 자기가 무슨 고흐인 줄 아나? 입시도 아니고, 그냥 취미로 그리는 애가 왜 저렇게까지 열을 올리지?

사실 도겸이 그러든 말든 나랑은 전혀 상관이 없었다. 같은 부원이긴 하지만 나랑 잘 안 맞을 것 같아서 굳이 친해지려고 노력하지 않았다. 그런데 이상하게도, 연애 예보에 15퍼센트 확률로 도겸이 뜬 후부터 자꾸만 도겸이 신경 쓰였다.

미술실 안은 우리 둘뿐이었고, 방송실에서 틀어 주는 클래식 음악만 잔잔히 흘렀다. 그때, 내 폰에서 알람이 요란스럽게 울렸다.

"으악!"

나는 깜짝 놀라 어깨를 움츠렸다. 도겸도 붓을 허공에서 멈춘 채 나를 보았다. 순간, 우리의 눈이 마주쳤다. 나는 서둘러 알람을 끄고 웃어 보였다. 미안하다고 말하려는데, 도겸이 금세 자기 그림으로 시선을 돌렸다. 도겸의 귓불이 살짝 붉어진 것 같았는데… 내 착각이려나? 괜히 물통 속 붓을 휘휘 저었다. 99퍼센트 매칭률의 예준을 만나러 가라는 알람보다 15퍼센트짜리 도겸의 귓불 색깔이 눈에 밟히다니, 아무래도 과제 때문에 스트레스를 받은 게 분명했다.

매점 앞은 생각보다 한산했다. 나는 벽에 등을 기대고 서서 휴대폰으로 시계를 확인했다. 12시 48분. 너무 일찍 나온 건가 싶어 괜히 조바심이 났다.

"김설민?"

고개를 들자 낯익은 얼굴이 눈앞에 있었다. 예준이었다. 사진보다 실물이 훨씬 부드러운 인상이었다. 쌍꺼풀이 진 큰 눈에 살짝 수줍은 듯한 미소까지. 예상보다 괜찮은 느낌이었다.

"설민이 맞지? 나 박예준."

"생각보다 빨리 왔네."

나는 머리를 한쪽으로 넘기며 말했다. 손끝에 살짝 힘이 들어갔다.

"나 원래 밥 빨리 먹거든. 네가 먼저 나올 줄은 몰랐는데."

예준이 웃으며 벽 반대편에 기대섰다. 살짝 간격을 두고 나란히 섰지만 가까운 느낌이 들었다.

"우리 매칭률 99퍼센트 맞지?"

내가 고개를 끄덕이자, 예준은 멋쩍게 웃으며 목덜미를 긁었다.

"소셜 탭 찾아 보니까 지금까지 95퍼센트가 최고였던 것 같더라. 99는 우리가 처음인가 봐."

목소리에 은근한 자랑이 묻어 있었다. 나도 모르게 얼굴이 달아올랐다. 긴장한 탓인지, 이상한 말이 툭 튀어나왔다.

"그러게. 99퍼센트면… 그냥 결혼해야 되는 거 아니야?"

우리는 동시에 웃음을 터뜨렸다. 잠깐 분위기가 풀리는 듯했지만, 웃음이 가라앉자 어색한 정적이 흘렀다.

"솔직히… 네가 먼저 '좋아요' 누를 줄은 몰랐어."

예준이 나를 힐끗 보며 말했다.

"인기 많으니까 당연히 좀 튕길 줄 알았거든."

은근히 심기를 건드리는 말투에 나는 눈썹을 살짝 찌푸렸다.

"그거 진짜 실수였거든?"

"알지. 실수 치고는 좀 빨랐지만."

예준이 장난스럽게 눈을 찡긋하며 웃었다. 나는 괜히 목청을 가다듬었다.

"와… 이게 진짜 되네?"

예준이 작게 중얼거렸다. 별 뜻 없는 말 같았지만, 말끝이 묘하게 신경 쓰였다.

"너 남자애들 사이에서 완전 여신이잖아. 근데 우리가 99퍼센트라니, 애들 진짜 질투하겠다."

나는 턱을 약간 치켜들며 말했다.

"질투하면 어쩔 거야. 선택은 내가 하는 건데."

예준이 천천히 고개를 끄덕였다.

"맞아. 네가 선택하는 거니까."

말은 그렇게 했지만 예준의 표정은 어딘가 씁쓸해 보였다. 예준은 멀리 시선을 던졌다가 다시 나를 바라보며 입술을 한 번 깨물었다.

"우리 오늘 처음 만난 날인데… 기념으로 셀카 하나 찍을래?"

나는 잠시 머뭇거렸다. 아직 아무 사이도 아닌데 셀카라니, 조금 이른 감이 있었지만 거절하기도 애매했다. 마지못해 고개를 끄덕이자 예준이 빠르게 폰을 꺼냈다. 내 쪽으로 가까이 다가오려다 내가 눈썹을 꿈틀거리자 멈췄다.

우리는 서로 간격을 둔 채 어색하게 웃었다. 화면 속 내 표정은 경직돼 있었다. 증명사진 찍을 때도 이렇게 굳어 버리진 않았던 것 같은데….

"잘 나왔다. 고마워."

예준이 만족한 듯 말했다. 사진 속 내가 맘에 들지는 않았지만, 굳이 말할 필요는 없을 것 같았다. 잠깐 정적이 흘렀다. 나는 괜히 휴대폰을 돌려 쥐며 만지작거렸다.

"시간 진짜 빨리 간다, 그치?"

예준이 긴장을 풀어 보려는 듯 억지로 웃었다. 나도 고개를 천천히 끄덕였다.

다시 또 침묵. 예준은 할 말을 찾는 듯 눈동자를 굴렸고, 나는 멍하니 허공을 바라보다 땅바닥에 붙은 껌 자국을 보았다. 예준이 한숨 쉬듯 나지막이 말했다.

"다음에… 또 봐도 되지?"

그 조심스러운 목소리에, 나는 눈을 깜빡이며 잠깐 생각했다. 평소라면 '그럼, 당연하지' 하고 웃어넘겼을 텐데, 오늘은 이상하게 입이 잘 안 떨어졌다. 내가 대답을 망설이자 예준은 금세 웃으며 손사래 쳤다.

"아냐, 그냥… 부담 주려던 건 아니고. 편하게 생각해 봐."

나는 쓴웃음을 지으며 고개를 끄덕였다.

"그래. 생각해 볼게."

때마침 점심시간을 마치는 종이 울렸다. 숨통이 트이는 것만 같았다. 우리는 눈인사만 나누고 각자의 교실로 향했다.

99라는 숫자가 너무 커서 기대도 컸나 보다. 솔직히 지금껏 앱으로 만나 본 애들 중 매칭률이 가장 낮았던 남자애보다도 예준과의 시간이 더 어색했다. 아마 예준도 비슷하게 느끼지 않았을까?

나는 치마 주머니를 뒤지다 발걸음을 멈췄다. 미술실에 틴트를 두고 온 것 같았다.

발길을 돌려 미술실로 향했다. 문을 열자 인기척 하나 없는 미술실에 물감 냄새만 옅게 감돌았다. 나는 서둘러 내 자리로 가 틴트를 찾았다.

그때였다. 도겸의 이젤에 걸쳐진 패드가 눈에 들어왔다. 혹시 두고 간 건가? 주위를 둘러봤지만, 물통이고 붓이고 다 깨끗이 치워져 있었다. 나도 모르게 도겸 자리로 다가가 패드 화면을 눌러 보았다. 잠금도 없이 바로 켜졌다.

패드 속에는 여러 장의 그림이 펼쳐져 있었다. 화면을 넘기던 내 손끝이 어느 순간 멈췄다.

한쪽 귀가 이상하게 접히고, 다른 쪽 귀만 쫑긋 선 못난이 토끼. 꼬리에는 평범한 동그라미 대신 작고 통통한 하트가 달려 있었다. 내가 키링으로 만들어 가방에 매달고 다니는, 세상에서 하나뿐인 캐릭터, 삐뚤한 토끼 '삐또'였다.

얘가 왜 삐또를?

나는 화면을 황급히 넘겼다. 한두 장이 아니었다. 온통 삐또였다. 귀 모양을 바꿔 그리고, 꼬리 각도도 살짝 다르게 잡아 보고, 같은 그림을 여러 번 연습한 흔적들. 표절할 의도 같은 건 전혀 없어 보였다. 이건… 그냥 잘 그리고 싶은 마음으로 가득한 습작이었다. 이상하게 가슴 어딘가가 간질간질하면서도, 묘하게 울렁거렸다.

도겸은 나한텐 그냥 조용히 그림만 그리는 애였다. 같은 반이었던 적도 없고, 서로 별로 말 걸 일도 없었다. 미술부에서 만나도 그냥 인사만 나누는 정도라, 나한테 관심이 있을 거라곤 한 번도 생각해 본 적이 없었다.

설마 우연일까? 내 캐릭터인 줄 알면서 그린 거겠지? 아니, 그보다도… 왜 이렇게까지 열심히 그린 거지?

그 순간, 미술실 문이 덜컹 소리를 내며 열렸다. 나는 반사적으로 패드를 내려놓았다. 고개를 돌리자 도겸이 서 있었다. 얼굴이 새빨갛게 물든 채였다. 나도 덩달아 뺨이 조금씩 뜨거워지는 게 느껴졌다.

"미안. 그냥… 화면이 켜져 있어서."

말이 안 나왔다. 뭔가 말하고 싶은데, 단어들이 목 안에서 자꾸 미끄러졌다. 나는 먼저 입을 열었다.

"이거… 내 키링 맞지?"

목소리가 살짝 떨렸다. 도겸은 고개를 들었다가 금세 눈길을 피했다.

"전에 네가 여기서 자랑했잖아. 직접 만든 거라고. 엄청 좋아하는 것 같아서…."

나는 조금 얼떨떨했다. 별생각 없이 한 말이었는데, 그걸 기억하고 있었다니.

도겸이 조심스럽게 말을 이었다.

"그때, 네가 토끼 귀 한쪽이 이상하게 꿰매졌다고 했는데… 넌 그게 매력이라면서 뿌듯해하더라고. 망친 거 아니라고, 개성이라고. 그 태도가… 멋있었어."

도겸의 목소리가 점점 작아졌다.

"나는 뭐 하나 이상하면 무조건 계속 고쳐야 되거든. 그래서, 네가 좀 부럽더라. 나는 그게 잘 안돼서."

나는 아무 말도 하지 않았다. 무슨 말이라도 해야 할 것 같았지만, 말이 안 나왔다. 그냥 고개만 한 번 끄덕였다.

지금까지 나를 좋아한다고 말한 애들은 많았지만 내 말을 이렇게 오래 기억하고, 그걸 자기만의 방식으로 곱씹은 애는 없었다. 특히 이렇게까지 삐또에 담긴 의미를 알아준 애는 더더욱 처음이었다. 늘 풍경화의 구름처럼 조용히만 존재하던 도겸이, 날 이렇게 보고 있었다는 게 묘하게 마음을 건드렸다.

"도겸아."

내 목소리가 나도 모르게 작아졌다. 도겸은 살며시 고개를 들었다.

"고마워. 내 새끼 예쁘게 그려 줘서."

도겸의 뺨이 다시 조금 붉어졌다. 도겸은 가볍게 고개를 끄덕였다.

하교 후, 집에 도착해 침대에 드러누웠다. 기다렸다는 듯 폰이 울렸다.

박예준
> 설민아, 오늘 고마웠어. 너 웃는 거 진짜 예쁘더라.

알림창에 뜬 메시지를 보고 나는 살짝 미간을 찌푸렸다. 폰을 열지 말까 하다, 결국 답을 보냈다.

> 고마워. 나도 오늘 재밌었어.

바로 진동이 울렸다.

> 근데 있잖아, 네가 말했던 그 결혼 드립.
> ㅋㅋ 생각할수록 웃기다. 우리 어쩌면 진짜 인연 아닐까?

한숨이 새어 나왔다. 내가 아무 대답도 하지 않자, 예준이 말을 이었다.

> 그리고 아까 찍은 사진 애들 보여 줬더니
> 반응 장난 아니었어. 다들 부러워하더라. 우리 잘 어울린다고.

> 아 그렇구나. ㅎㅎ

> 근데… 너 우리 99 떴단 얘기,
> 친구들한텐 안 했어? 다들 궁금해하던데.

나는 답을 하지 않고 폰을 엎어 두었다. 예준은 나보다 나와 함께 있는 자기가 어떻게 보이는지가 더 중요한 모양이었다. 그 생각에 마음이 한 걸음 더 뒤로 물러섰다.

문득 낮에 미술실에서 나를 보던 도겸의 표정이 떠올랐다. 조용히 내 말을 기억하고, 몇 번이나 같은 그림을 연습해 둔 흔적들. 가방에 매달린 삐또가 눈에 들어왔다. 삐뚤게 꿰매진 한쪽 귀를 보다가 그대로 눈을 감았다. 설명할 순 없지만, 내 일상에 아주 작은 균열이 생긴 것 같았다.

다음 날, 그 감정을 곱씹을 새도 없이 일이 터졌다. 마지막 수업이 끝난 뒤 기다렸다는 듯 주머니 속에서 진동이 연달아 울렸다. 폰을 꺼내 보니 작년 같은 반 친구들과의 단톡방에 메시지가 쏟아지고 있었다.

윤지수
이거 봤어?

박보라
설민아, 너 똥 밟은 것 같다….

나는 마른침을 삼키고, 천천히 화면을 스크롤했다.

> 박예준
> 너네 이거 봤냐. ㅋㅋ 김설민 나랑 99퍼 뜬 거?
>
> 어제 둘이 셀카도 찍음. ㅋㅋ
>
> 얘가 나한테 우리 결혼해야 되는 거 아니냐고 하더라. ㅋㅋㅋ

캡처된 화면 속에는 어제 매점 앞에서 예준과 찍은 사진이 올라와 있었다. 내 표정이 어색하게 굳어 있는 그 사진.

> 구라치지 마라. ㅋㅋㅋㅋㅋ
>
> 김설민이 아무나 다 받아 주냐. ㅋㅋㅋ
>
> 표정 썩었는데. ㅋ

나는 눈살을 찌푸리며 생각했다. 박예준, 얘는 유머를 다큐로 받네?

> 박예준
> 아 진짜라고, 속고만 살았냐고.
>
> 곧 내 꺼 될 거임. ㅋ 침대에서 찍을 셀카도 기대해라.

이번에는 연애 예보 앱 캡처까지 달려 있었다. '매칭률 99%'라는 글자가 선명했다.

나는 창백한 얼굴로 멍하니 폰을 보았다.

얘, 지금 뭐라는 거지?

박예준의 말 한 줄 한 줄이, 비웃음 섞인 리액션과 함께 단톡방을 타고 퍼지고 있었다. 나는 순식간에 조롱거리가 되어 버렸다.

폰으로 박예준의 헛소리를 확인한 몇몇 애들이 한마디씩 거들었다.

"박예준 완전 또라이였네. 이런 건 운영자가 걸러야지."

"애초에 99퍼센트가 말이 안 돼. 돈 받고 조작해 준 거 아님?"

"난 이 앱에 돈까지 썼다고. 조작이면, 사기잖아!"

시끄러운 교실 안을 둘러보는데, 누군가 나를 빤히 보고 있었다. 민조였다.

나랑 그다지 친한 사이도 아닌데, 표정이⋯ 슬퍼 보였다. 내가 불쌍해 보이나? 내 표정이 굳은 걸 눈치챘는지, 민조는 시선을 바로 거두었다.

그때, 누군가 큰 소리로 외쳤다.

"와, 시끄러워 죽겠네! 남 얘기 하는 게 그렇게 재밌냐?"

지이였다. 창가에 앉아 있던 지이가 몸을 틀어 아이들을 쏘아보았다. 애들이 잠시 입을 다물었다.

"한 번만 더 시끄럽게 하면 교무실로 간다."

지이의 단호한 말에 아이들은 낮은 목소리로 웅성거리기 시작했다. 내 입꼬리에 작게 미소가 걸렸다.

나는 조용해진 교실을 나섰다. 복도를 오가는 아이들 몇몇이 나를 힐끔거리며 수군댔다. 숨을 깊게 들이쉬고, 주먹에 천천히 힘을 주며 예준이 있는 1반 교실로 걸음을 옮겼다.

예준은 교실 뒤편에서 친구 서넛과 웃고 떠들다 나를 보자 표정이 굳었다. 옆에 있던 애 하나가 낄낄대며 말했다.

"오, 김설민 등장!"

나는 무시하고 예준 앞에 섰다.

"우리 할 얘기 있지 않아?"

내 목소리는 낮고 단호했다. 예준은 고개를 숙인 채 나를 따라 복도 구석으로 왔다.

"설민아, 그거 그냥… 애들이 재밌어할 줄 알고 올린 건데."

"넌 그게 웃겨?"

내 차가운 목소리에 예준은 입술을 달싹이더니 아무 말도 하지 못했다.

"침대 셀카? 그거 성희롱이야. 몰랐어? 몰랐으면 외워."

예준은 억울하다는 듯 고개를 젓다가 중얼거렸다.

"난 그냥… 다들 우리 잘 어울린다길래. 우리 99퍼잖아…."

그놈의 99퍼센트. 나는 깊게 한숨을 내쉬고, 예준을 똑바로 보았다.

"너한테는 숫자가 전부인가 보네."

예준의 눈동자가 사납게 흔들렸다.

"나한테는 아무것도 아닌데."

나는 그 말만 남기고 고개를 돌렸다. 뒤에서 뭐라고 중얼거리는 소리가 들렸지만, 듣지 않았다.

복도를 걷는데 속이 텅 비어 버린 듯 허전했다. 누군가에게 관심받는 건 분명 기분 좋은 일이었다. 내가 꼭 중요한 사람이 된 것 같고, 모두가 날 좋아해 주는 것 같은 기분. 그걸 싫어할 사람이 있을까? 그런데 오늘은 이상했다. 오늘 같은 관심은 종류가 달랐다. 그들이 원하는 건 진짜 내가 아니라 자기들이 보고 싶은 김설민, 그 껍데기인 것만 같았다. 그럼 껍데기 속 '진짜 나'는 어디에 있는 걸까?

나는 어느새 삐또를 손에 꼭 쥔 채 미술실 쪽으로 걷고 있었다. 문을 열자 예상대로 도겸이 혼자 있었다. 도겸은 내 인기척에 고개를 들었다. 나는 문간에 잠시 서 있다가 천천히 걸음을 옮겨 도겸의 맞은편에 앉았다.

도겸의 눈동자가 흔들렸다. 나는 조심스럽게 말을 꺼냈다.

"그때 말인데."

도겸이 나를 보았다.

"그 키링 그림 봤을 때."

말을 고르다, 나도 모르게 웃음이 새어 나왔다.

"네가 했던 말… 계속 생각나더라."

도겸은 고개를 조금 기울였다. 나는 책상 모서리를 손끝으로 문질렀다.

"그게 좀… 고마웠어."

작게 숨을 내쉬고 도겸을 보았다. 도겸이 발그레해진 얼굴로 어색하게 웃었다. 나는 이젤 위에 놓인 도화지를 보며 말했다.

"오늘은 내가 널 그려도 될까?"

도겸의 눈이 동그랗게 커졌다.

"나를?"

나는 고개를 끄덕였다. 도겸이 멋쩍게 웃더니, 몸을 배배 꼬며 자세를 잡느라 애썼다. 나는 연필을 집어 들며 말했다.

"편하게 있어. 평소처럼, 그냥 너로 있으면 돼."

미술실 안이 다시 고요해졌다. 나는 도겸의 얼굴을 바라보며 천천히, 그리고 신중하게 선을 그어 나가기 시작했다. 한 번도 제대로 본 적 없었던 도겸의 얼굴이 도화지 위에서 점점 또렷해졌다.

도겸이 슬쩍 입을 열었다.

"…우리, 앱에서 15퍼센트 떴던 거 기억나?"

나는 살짝 웃었다.

"그럼. 이상해서 한참 들여다봤어."

연필 소리가 사각거리며 조용히 이어졌다. 나는 무릎 위에 올려 둔 삐또를 내려다보았다. 조금 어설프고 삐뚤어져서 더 특별한 내 토끼.

어쩌면 도겸과 나는 15라는 숫자 이상의 이야기를 지금부터 쓰기 시작한 걸지도 모른다.

창문 너머로 오후의 햇살이 우리 머리 위로 쏟아졌다.

♥ 에피소드 5 ♥
나의 이름 앞에서

<   소셜 − 실시간 인기 글   ≡

이 앱, 구린 거 다 알고도 쓰는 거지?

익명

님들 왜 아직 이 앱 쓰고 있음? 구린 거 다 알고 있잖아. 무료 알림은 사실 미끼고, 현금 충전해야 내가 원하는 사람 매칭률 확인할 수 있는 거. 5회에 만 원은 너무하지 않냐? 여기에 도박처럼 돈 쓴 애들 꽤 있을걸? 돈까지 썼는데 매칭률도 별로고 현실 연애에 도움 하나도 안 되고. 이딴 앱을 우리가 왜 써 줘야 돼? 여기서 장사하는 애들 생긴 것도 알지? 책 팔아, 옷 팔아, 심지어 그림까지 그려서 판다며. 중고 거래 앱도 아니고 이게 뭐냐. 운영자는 책임감도 없이 이 난

> 장판을 방치하고 있어. 왜겠어? 자기 주머니 채우려고 그러는 거지. 우린 하나같이 이용만 당하는 등신들인 거고.
>
> 댓글 (147)
> ㄴ (익명) 맞아 내 피 같은 용돈. ㅠ
> ㄴ (익명) 그래서 운영자가 누군데? 누군지 아는 사람 손!!!
> ㄴ (익명) 앱이 점점 변질돼 가는 듯.
> ㄴ (익명) 에이, 너무 몰아가지 맙시다!

지금껏 이런 저격 글이 없었던 것도 아닌데, 이번 글에는 유난히 댓글이 몰렸다. 박예준이 어그로를 잘 끈 것도 있지만, 솔직히 틀린 말도 없었다. 이 앱이 구리다는 거, 운영자가 무책임하다는 거. 다 맞는 말이다. 나만 해도 이렇게까지 앱이 잘될 줄은 몰랐다.

이 앱을 만들게 된 첫 번째 계기가 박예준이라는 걸, 믿을 사람이 있을까?

초등학교 5학년 때, 우리 반으로 예준이 전학 왔다. 반듯하게 자른 앞머리와 왼쪽에만 생기는 보조개가 귀여웠다. 당시 내 취미는 짝사랑이었다. 같은 반의 거의 모든 남자애를 혼자 좋아했다, 혼자 미워하고, 혼자 이별하기를 상상하고는 했다. 길어도 한 달, 짧으면 두 시간 안에는 끝나는, 별다른 준비물도 필요 없고 돈도 들지 않는 궁극의 취미 생활.

상상 속에서 남자애들은 죄다 나에게 첫눈에 반했고, 요란하게 고백했으며, 나 없이 못 살 것처럼 처절하게 매달렸다. 나는 그 달콤한 사랑을 한껏 누리다 지루해질 때쯤 먼저 이별을 통보했다. 마음을 다칠 일도, 눈물을 흘릴 필요도 없는, 완벽하게 안전한 사랑의 망상 속에서 나는 털끝 하나 다치지 않고 마음껏 사랑을 주고받았다. 대체로 받는 쪽을 공들여 상상했지만.

예준이 내 레이더에 걸린 건 당연한 수순이었다. 다만, 예준은 조금 달랐다. 상상 속 이별까지 걸린 시간이 누구보다 길었다. 심지어 현실에서 첫 남자친구가 된 현호보다도 오래, 그리고 훨씬 나를 아프게 한 사람이었다.

망상은 망상으로 끝나야 아름답다는 걸, 그때의 나는 미처 몰랐다. 망상을 오래 반복하다 보니 내 안의 어딘가가 망가져 버렸던 걸까. 예준과 말 한마디 제대로 나눈 적이 없던 나는 함부로 믿어 버렸다. 내가 내 안에서 예준과 대화를 나누고 있다고.

그 대화란 것은 결국 혼잣말에 불과했지만, 그때의 나는 편지라는 형식으로 열과 성을 다했다. 두꺼운 스프링 노트에 온통 예준에 대한 내 마음을 적어 내려간 것이다. 노트의 이름은 '나의 YJ에게'였다. 지금 생각해 보면 아무 말이나 낙서하는 낙서장에 불과했지만.

> 사랑하는 나의 YJ에게
> 급식실에서 봤는데, 너는 당근만 쏙쏙 빼고 입에도 안 대더라? 토끼처럼 생긴 네가 당근을 싫어하다니, 말이 안 되잖아! >< 귀여워. ♥

그렇게 짤막하게 글을 쓰고, 남는 공간에 토끼와 당근, 다양한 크기와 다채로운 색깔의 하트를 잔뜩 그려 넣는 식이었다. 종종 반짝이 스티커를 사서 붙이기도 했다.

언젠가 이 노트를 가득 채웠을 때 예준에게 이걸 선물하며 고백하는 나를 상상했다. 볼이 발그레해진 예준과, 그런 예준에게 내 첫 남자친구가 되어 줘서 고맙다며 글썽이는 나를 떠올리는 건 내 오래된 기쁨이었다.

그렇게 6학년이 되고, 나는 예준과 반이 갈렸다. 같은 교실에 있을 때도 가까웠던 적이 없었지만, 다른 교실에 있게 되자 오히려 나는 예준과 더 가까워졌다는 느낌이 들었다. 더 자주 마음속으로 예준을 찾았던 거다.

그때 알았어야 했다. 내가 찾는 건 예준이 아닌, 내 마음 깊숙이 존재하는, 예준이길 바라는 나 자신일 뿐이었다는 걸.

당시 나는 다른 아이들처럼 평범하게 아이돌을 좋아하지 않았다. 작가, 그중에서도 백석 시인을 좋아했다. 학년이 바뀌면 여자애들끼리 좋아하는 아이돌을 밝히며 친해질 친구를 물색하고는 했다. 백석을 입에 올릴 때마다 나는 애들에게 별종 취급을 받았다. 그러면 나는 이렇게 말하고는 했다.

"그래도 우리 오빠는 너네 오빠들처럼 사고 칠 일 없잖아."

애니메이션을 덕질하는 친구 하나둘이 격하게 고개를 끄덕이며 내 편이 되어 주기도 했다. 열애설은커녕 음주 운전, 마약, 도박, 하여간 온갖 무거운 일들로 마음이 너덜너덜해진 소녀 팬들은 그런 나를 은근히 부러워하기도 했고.

예준에게 할 말이 떨어질 때면, 나는 백석의 시를 필사해 노트를 채우고는 했다.

사랑하는 나의 YJ, 이젠 너도 외웠겠지?

내가 세상에서 제일 좋아하는 사람이 누구라고?

1위 YJ 바로 너 ♥

2위 백석 시인 ♥

내가 요즘 백석 시인의 시 〈오징어와 검복〉에 푹 빠졌거든.
여기 일부분을 써 줄게. 네 마음에도 깊이 가닿기를 바라!

뼈 없던 오징어에게
뼈 하나가 생긴 것은
바로 그때 일.

그러나 빼앗긴 뼈
아직까지 다 못 찾아
오징어는 외뼈라네.

살결 곱던 검복이
얼룩덜룩해진 것은
바로 그때 일.

오징어가 토한 먹물
그 몸에 온통 묻어
씻어도 씻어도 얼룩덜룩.

그러던 어느 날, 노트를 잃어버렸다. 정확히는, 떨어뜨렸다. 가방 속에 쑤셔 넣어 놓았던 물티슈를 꺼내는 사이 딸려

나온 모양이었다. 알아차렸을 땐 이미 한참 늦은 뒤였다.

우리 반 남자애들 몇이 둘러앉아 킬킬거리며 노트를 보고 있었다. 내가 다가가자 한 남자애가 씩 웃으며 말했다.

"YJ가 좋아하겠다! 우리가 갖다줄게!"

그 애가 YJ의 정체를 확신한 건 사진 한 장 때문이었다. 5학년 때 찍은 반 단체 사진에서 예준의 얼굴만 오려 내 붙인 페이지가 있었다. 그 사진과 내가 남긴 수많은 낙서가 한꺼번에 떠오르자 정신이 나갈 듯 아득해졌다.

그 애는 내 눈치를 보며 이리저리 몸을 달싹이더니, 결국 무리와 함께 노트를 들고 복도로 뛰쳐나갔다. 나는 눈물을 꾹 참고 그 애들을 따라 달렸다. 중간에 한 번 넘어졌지만, 그 애들의 웃음소리가 더 멀어지기 전에 이를 악물고 일어났다. 숨을 헉헉거리며 예준의 교실 앞에 도착했을 때 이미 내 얼굴은 눈물로 엉망이 되어 있었다.

남자애들이 교실 한가운데 모여 웅성거리고 있었다. 나는 앞을 가로막고 있는 애들을 밀치며 교실 안으로 들어갔다. 노트를 보는 예준의 얼굴이 하얗게 질려 있었다.

"이거, 뭐냐?"

예준이 노트 속 자기 사진을 가리키며 나를 보았다. 나는 아무 말도 할 수 없었다. 때마침 소란스러운 분위기에 한 선생님이 교실로 불쑥 들어왔다.

"다들 수업 준비 안 하냐?"

그 틈을 타 나는 예준의 손에서 노트를 낚아채듯 빼앗아 교실로 돌아왔다. 책상에 엎드린 채 나는 숨죽여 울었다. 노트는 눈물에 젖어 축축해졌다. 얼룩덜룩한 눈물 자국이 노트에도, 내 마음에도 번져 버렸다. 지워지지 않는 오징어 먹물처럼.

쉬는 시간, 예준이 우리 반에 찾아와 나를 흘긋 보았다. 나는 그 표정을 차마 마주 볼 수 없었다. 소동을 벌인 남자애들이 나랑 사귈 거냐는 식으로 부추기자 예준이 짐짓 센 척하며 "미쳤냐?" 하고 거들먹거리는 목소리만 멀찍이서 들려왔다.

학교가 끝나자마자 곧장 집으로 돌아왔다. 현관 비밀번호를 누르는 손끝이 떨렸다. 슬리퍼를 끌고 나온 이모가 내 얼굴을 보더니 흠칫 놀랐다.

집에는 이모뿐이었다. 이혼을 앞둔 부모님은 별거 중이었고, 백수인 이모가 나를 돌봐준다는 명목으로 우리 집에 얹혀살고 있었다. 엄마는 밤늦게야 돌아왔고, 내 대부분의 시간은 이모와 함께였다.

"민조야, 무슨 일 있었어?"

이모가 조심스레 물었다. 나는 고개를 끄덕이지도, 젓지도 못한 채 방으로 들어가 쿵 소리 나게 문을 닫았다. 가방을 내려놓고 노트를 꺼냈다. 얼룩진 노트의 표지가 보였다. 나는 그걸 집어 들고 찢기 시작했다.

한 장, 두 장, 아무렇게나 뜯어낸 종이가 바닥에 수북이 쌓였다.

알록달록 화려하게 꾸며 놓은 낙서, 토끼와 당근, 하트, 백석의 시와 예준의 이름이 뒤엉킨 종잇조각들이 어지럽게 흩어졌다.

그 순간, 손이 멈췄다. 마지막으로 찢으려던 페이지에 먹물처럼 번진 내 눈물 자국이 보였다.

"민조야, 잠깐 들어갈게."

말소리와 함께 노크 소리가 들리더니 문이 조용히 열렸다. 이모가 방 안으로 들어와 내 얼굴을 살폈다. 나는 등을 돌렸지만 이미 두 눈은 퉁퉁 부어 있었고 바닥은 종잇조각들로 엉망이었다. 이모는 말없이 바닥의 종잇조각들을 한참 바라보더니, 내 옆에 조용히 앉아 나를 조심스럽게 끌어안았다.

나는 그제야 마음속 무언가가 무너진 듯 큰 소리로 울음을 터뜨리고 말았다. 가슴 속 깊이 숨겨 두었던 수치심과 후회, 원망 같은 감정들이 한꺼번에 터져 나왔다. 이모는 그런 나를 가만히 다독여 주었다. 나는 그 품 안에서 마음 놓고 실컷 울 수 있었다.

다음 날, 나는 학교에 가지 않겠다고 말했다. 엄마가 출근한 직후였다. 이모는 별다른 말 없이 고개를 끄덕이고는 선생님에게 전화를 걸어 주었다. 감기몸살이라고 얼버무리는 소리가 들려왔다.

점심 무렵, 이모는 내가 좋아하는 반찬들로 상을 차려 주었다. 분홍 소시지, 매콤하게 볶은 어묵, 달짝지근하게 조린 알감자, 노른자가 살아 있는 바삭한 계란프라이까지.

"아이, 입맛 없다니까…."

말은 그렇게 했지만 나는 밥 한 그릇을 깨끗이 비워 버렸다. 든든히 밥을 먹고 난 뒤, 이모가 부엌 찬장에서 달그락거리며 뭔가를 꺼냈다. 내 눈이 동그래졌다.

"그거, 엄마가 맘대로 쓰지 말랬는데…."

엄마가 아끼는 빈티지 찻주전자와 찻잔이었다. 이모는 씩 웃더니 비밀이라고 속삭였다.

식탁에 허브차 향이 퍼졌다. 은은한 풀꽃 냄새가 나는 것 같았다. 이모는 내 앞에 조심스레 찻잔을 밀어 놓았다.

"난 스트레스 받을 때, 카모마일 차가 그렇게 좋더라."

노란 꽃잎에서 우러나온 노란 찻물이였다. 나는 찻잔을 들고 한 모금 마셨다. 따뜻하게 몸속이 데워졌다. 이모는 찻잔을 두 손으로 감싼 채 나를 보더니 말했다.

"이모가 첫사랑 얘기 해 줄까?"

나는 단박에 고개를 저었다. 이모가 웃음을 터뜨리더니, 찻잔 속 노란 카모마일 잎을 가만히 지켜보았다. 나는 차를 한 모금 더 마시고 말했다.

"이모는 일 안 해?"

이모는 웃음을 참는 듯 인중을 한 번 늘이고는 말했다.

"해야지. 근데 나 같은 고급 인력을 세상이 몰라주네."

나는 고개를 끄덕이고 심각하게 말했다.

"경기가 어렵다잖아."

이모는 호록, 차를 마셨다. 찻잔을 사이에 두고, 나와 이모는 각자 다른 생각에 잠긴 듯했다. 그러다 내가 먼저 입을 열었다.

"이모는 상상 같은 거 자주 해?"

이모가 눈썹을 치켜올리며 나를 보았다.

"예를 들면?"

"누가 날 좋아한다든지, 뭐 그런 말도 안 되는 상상 같은 거."

이모가 아무 말 없이 내 얼굴을 보았다. 나는 시선을 찻잔으로 돌리고 조심스레 말을 이었다.

"실은 어제 찢은 종이, 그거 나 혼자 다 상상한 거거든. 실제로는 좋아하는 애한테 말 한마디 제대로 못 걸면서."

이모는 찻잔을 내려놓았다. 말을 고르는 듯 한참 후에 입을 열었다.

"이모도 그랬었어. 상상만 하면 배신당할 일이 없잖아."

우리는 동시에 피식 웃었다. 나는 찻잔을 돌리며 말했다.

"맞아. 나도 혼자 별 상상 다 했어. 걔랑 오늘 눈 마주칠 확률 10퍼센트, 음악 시간에 같은 조 될 확률 30퍼센트, 급식 시간에 옆자리 앉을 확률 20퍼센트…. 웃기지?"

내가 이모의 눈치를 슬쩍 보자, 이모가 무릎을 탁 쳤다.

"야, 그거다."

나는 어깨를 으쓱였다.

"그 퍼센트 말이야. 완전 썸 계산기 아니야?"

"무슨 소리야?"

이모는 눈을 반짝이며 말했다.

"앱으로 만들기 딱 좋은데? 와! 우리 부자 되는 거 아니야?"

나는 헛웃음을 지었다.

"이래 봬도 나 프론트 개발자야. 민조 네가 머릿속에서 상상한 거, 꽤 괜찮은 아이디어야. 이모가 만들어 줄게. 기획은 네가 하고, 개발은 내가 맡고. 어때?"

나는 눈살을 찌푸렸다.

"갑자기 무슨 소리야. 난 아이디어 같은 걸 말한 게 아니야. 그냥 내 망상 얘기라고."

"모든 건 망상에서부터 시작되지."

이모가 의미심장하게 미소 지었다. 나는 툴툴거리듯 말했다.

"그래. 그걸 만들었다 쳐. 근데 누가 하겠어?"

이모가 벌떡 일어나 말했다.

"너! 일단 너부터 하면 되지. 네가 해 보면서 괜찮으면 규모 좀 키워 줄게. 내 노트북 어딨더라?"

나는 식탁 위에 남아 있는 노란 찻물을 조용히 바라보았다. 말은 백수라고 했지만, 이모는 프리랜서 개발자였다. 나도 이모가 만든 게임 앱 몇 개를 직접 다운받아 보기도 했고.

어쩌면 이 앱이, 나를 도와줄 수도 있지 않을까?

누군가가 나를 좋아할 확률, 뭐 그런 걸 깊이 파고들다 보면… 그러면 박예준이 나랑 애초에 안 될 사이였다는 것, 그걸 애들한테 보여 줄 수도 있는 거잖아. 그게 진짜든 아니든, 숫자로 정리해 버리면 내 맘도 훨씬 덜 아플지 몰랐다.

이모는 그새 노트북을 가져와 전원 버튼을 눌렀다. 그리고 화면이 켜지자 뭔가를 익숙하게 타닥거리며 입력하기 시작했다. 나는 슬쩍 입을 열었다.

"그럼… 그 확률이란 걸, 날씨 예보처럼 띄워 보는 건 어때?"

이모가 눈을 반짝거렸다.

"역시 내 조카. 나 닮아서 감이 좋아."

나도 모르게 들떠서 말을 이었다.

"오늘은 썸탈 확률 몇 퍼센트, 파탄 날 확률 몇 퍼센트… 이런 식으로 예보처럼 보이게. 실패할 사랑은 애초에 시작도 안 하게끔 도와준다고 어필하면 더 좋겠다."

이모는 고개를 끄덕이며 연신 타자를 두드렸다. 그러고 보니, 이런 게 진작 있었다면 우리 엄마 아빠도 이혼 얘기까지 안 갔을지도 몰랐다. 상대방의 마음을 예측해 주는 무언가가 있다면, 서로 조금 더 조심하고 상처도 덜 받을 수 있지 않을까? 날씨처럼 변덕스럽고 틀릴 수도 있지만, 적어도 비슷하게는 예측할 수 있다면. 그런 생각이 들자 이 앱에 점점 마음이 가기 시작했다.

하지만 얼마 지나지 않아 이모는 대기업에 취직했고 더는 나랑 앱 얘기를 할 시간이 나지 않았다. 대신 나는, 이모가 얼추 만들어 놓은 기본 틀 위에 내 방식대로 데이터를 얹었다. 인터넷을 뒤져 가며 배운 통계 수식이나 추천 알고리즘 같은 걸 하나하나 끼워 넣기도 했다. 생각만큼, 아니 생각 이상으로 재미있었다. 내 망상이 어느새 현실이 되어 가고 있었다. 그러니까, 그게 연애 예보의 시작이었다.

처음의 계획과는 많은 게 달라졌지만 한 가지는 분명했다. 사람은 쉽게 변하고, 감정은 순식간에 식어 버린다는 것. 그래서 나는 쉽게 변하지 않을 무언가를 이 앱의 핵심으로 삼기로 했다. 그건 다름 아닌 '두려움'이었다. 누군가에게 사랑받지 못할 거라는 두려움. 다들 가지고 살지만 모른 척하고 있는 그걸 이 앱이 미리 계산해서 보여 준다면 나름의 역할을 충분히 해내리라 믿었다.

하지만 오래 지나지 않아 나는 그 두려움에 발목이 잡혀 버렸다.

보름 전, 학원 복도에서 예준이 내게 손짓했다. 예준의 눈동자에 묘한 광기가 서려 있어 못 본 척할 수도 없었다. 예준은 다짜고짜 폰을 꺼내 내밀었다.

내가 연애 예보 앱 운영자 페이지를 보고 있는 모습이 찍혀 있었다. 그 순간, 심장이 조여드는 것만 같았다.

"꽤 선명하지?"

예준이 천천히 고개를 돌렸다.

"네가 이런 앱도 만들고. 좀 놀랐어. 앱으로 돈 좀 만졌냐?"

목이 바짝 말랐다. 침도 삼켜지지 않았다. 예준은 말했다.

"설마 아니라고 잡아뗄 거 아니지? 우리 시간 낭비하지 말자. 이거 말고도 증거 사진 수두룩하거든."

나는 시선을 아래로 피했다. 예준이 씩 웃으며 말했다.

"부탁 하나만 좀 하자. 너희 반 김설민, 걘 날 쳐다도 안 보거든. 네가 매칭률에 손 좀 대면 달라지지 않을까?"

"그런 거 안 해."

나는 간신히 말했다.

"안 한다고?"

예준이 눈을 가늘게 뜨더니 말했다.

"너 아직도 나 좋아하냐?"

예준이 입꼬리를 비틀듯 얄밉게 웃었다.

"네가 옛날에 이상한 노트 걸려서 내가 좀 곤란했던 거 알지? 난 너 말고, 설민이 같은 애들이 좋단 말이야. 괜히 네가 엮여서 내 이미지까지 나빠졌다고."

나야말로, 그날 이후 내 '이미지'에 집착하게 되었다. 내가 더 예뻤다면, 더 날씬했다면 박예준이 나를 거절하지 않았을 거라는 못난 마음 때문이었다.

나는 빈 두유 팩을 구기며 물었다.

"그래서 구체적으로 원하는 게 뭔데?"

예준이 말했다.

"김설민이랑 매칭률 99퍼센트. 그것만 해 줘. 나머지는 내가 알아서 할게."

등줄기가 서늘해졌다. 잠시 말을 멈췄던 예준은 천천히 고개를 기울였다.

"넌 앱 만들어서 정현호 같은 애랑도 사귀어 봤잖아."

선후 관계가 바뀌었지만, 굳이 예준의 말을 고치고 싶진 않았다. 예준은 말을 이었다.

"근데 난 기회조차 없어. 시작도 못 해 보고 끝날 것 같은 인생이란 말이야. 그러니까 나한테도 기회 한 번쯤은 줄 수 있잖아. 공평하게."

　말도 안 되는 요구였다. 그런데 난 아무 말도 할 수 없었다. 나도 완전히 정직했던 건 아니었으니까.

　예준 말마따나, 이 앱으로 용돈을 번 것은 사실이었다. 현호와 내가 서로에게 추천되지 않도록 특정 사용자에게만 작동하는 예외 수식을 따로 넣어 둔 것도.

　원래대로라면 현호와 나는 두 번이나 90퍼센트 이상의 매칭률로 연결됐어야 했다. 하지만 이걸 빌미로 현호와 다시 마주하고 싶지는 않았다. 그럴 자신이 없었다.

　현호는 나를 진심으로 좋아해 줬다. 이렇게 엉망인 내 진짜 모습을 현호가 알게 되면, 분명 실망할 거라는 생각이 머릿속을 떠나지 않았다. 그래서 이별을 먼저 말한 거였다. 상처받기 전에 먼저 도망쳐 버린 거였다.

　도대체 내가 진짜 원했던 게 뭐였을까? 이 앱을 만들겠다고 밤새워 코드를 고치고, 글자 하나하나에 매달렸던 시간이 머릿속을 스쳤다. 현호와 헤어진 뒤 뭔가에 몰두하지 않으면 견딜 수가 없었다. 그 빈틈을 어떻게든 견디고 싶어 이모와 만들다 만 연애 예보 앱에 다시 매달렸다. 누군가를 좋아하는 마음이 웃음거리가 되지 않길, 나를 미워하는 마음으로 되돌

아오지 않길 바랐던 것 같다. 지금 생각하면 그것도 결국 도망이었는지 모르겠지만.

그날 밤, 나는 결국 예준과 설민의 매칭률을 99퍼센트로 조정했다. 수식 하나를 바꿨을 뿐인데 이 앱이 더는 내 것이 아니게 된 기분이었다. 아니, 현호와의 매칭률에 손댔던 그때부터 이미 내 것이라 말할 수 없었는지 몰랐다.

교실은 익명의 저격 글 하나로 술렁이고 있었다. 나는 폰을 꺼 버렸다. 그리고 천천히 주위를 둘러보았다. 아이들은 기다렸다는 듯 그동안 꾹 참았던 불만을 한꺼번에 쏟아 내는 중이었다.

"유행이니까 가입한 거지, 누가 이걸 믿고 썼냐?"

"그래도 맨날 확인은 했잖아."

"혹시 모르니까 그랬지. 희망 고문이나 마찬가지였고."

사방에서 목소리들이 엉켰다. 누구는 폰을 흔들며 자기 추천 기록을 친구한테 보여 줬고, 누구는 책상에 엎드려 과장되게 신음했다.

"운영자가 제 친구들만 챙긴 거 아냐?"

"그럼 너도 걔랑 친구 했어야지."

피식 웃는 소리가 들렸다. 농담인지 진담인지 모를 말들이 교실을 울렸다. 다들 누군가를 탓하고 싶어 벼르고 있었던 것 같았다. 앱에 쌓인 감정이 점점 운영자를 향해 날카로워졌다. 자기 연애를 위해 조작했을 거라는 의심, 싫어하는 애를 엿먹이려고 일부러 매칭을 망친 거라는 소문. 그 모든 상상이, 예준이 올린 글 하나로 진짜처럼 여겨지기 시작했다.

그런데도 막상 앱을 지우겠다고 나서는 애들은 안 보였다.

"솔직히 앱 없으면 좀 불편하긴 해. 썸탈 기회 자체가 없어지잖아."

"맞아. 요즘 누가 직접 고백하냐? 앱 결과로 들이대 보는 거지. 다른 학교 애들도 이 앱 엄청 부러워해."

누군가는 입술을 삐죽이며 중얼거렸다.

"요즘 천천히 알아 가면서 썸탈 시간이 어디 있어."

다들 앱을 욕하면서도 손에서 놓지 못하는 건, 나만 뒤처질까 봐, 혼자 남을까 봐 두려워서가 아닐까. 모두가 썸타고 연애하는 핑크빛 기류 속에서 나만 밀려나는 기분. 그 마음, 나도 잘 알았다. 별종처럼 보이기 싫어 여자애들이 다 하는 화장을 나도 당연하게 하고 있는 것처럼, 어쩌면 다들 서로 눈치 보면서 튀지 않으려고 애쓰는 걸지도 몰랐다.

수업 종이 울릴 때까지 나는 멍하니 앉아 있었다. 머릿속은 종일 복잡했는데 시간은 아무 일도 없다는 듯 소리 없이 흘러가고 있었다.

방과 후, 교실을 빠져나와 신발장 앞에 섰을 때 문득 누군가가 다가왔다.

"오늘은 도서부 안 가?"

현호였다. 현호가 가방을 한쪽 어깨에 걸친 채 아무 일도 없었던 사람처럼 서 있었다.

나는 한순간 말을 잃었다. 내 생일이라고 정성껏 준비한 선물도 받지 않았고, 마주 보는 게 버겁다고 말하기도 했다. 내가 지금도 좋아하고 있다고 말해 버려서, 현호의 마음을 괜히 복잡하게 만든 것 같아 계속 후회했다. 그래서 먼저 말하려고 했다. 그냥 친구 사이로 지내자고. 현호가 거절한다면 두말할 것 없이 받아들이려고 했다. 현호가 좋아하는 바나나 우유를 건네며 말하려 했는데, 하필 그날 현호가 결석했다.

체력 하나는 끝내주는 애가 결석까지 할 정도면 많이 아팠던 거겠지. 연락할까, 말까? 수십 번 고민하다가 결국 하지 못했다. 그냥 우리는 이렇게 조금씩 어긋나서 아주 멀어지게 되는 사이일 거라고 혼자 정리하고 있었는데… 현호가 아무렇지도 않게 내 앞에 다가와 있다.

"응, 오늘은 안 가. 너 아팠다면서. 몸은 괜찮아?"

내가 물었다. 현호가 고개를 끄덕였다.

"감기몸살이었는데 푹 쉬니까 다 나았어. 괜찮으면 나랑 집에 같이 갈래?"

평소랑 다를 게 없는 말투였는데, 어딘가 조심스러워 보였다. 나는 얼떨결에 고개를 끄덕였다.

우리는 나란히 신발을 갈아 신고 학교를 나섰다. 저녁노을이 길게 드리운 골목. 어색한 침묵이 조금 이어지다가, 현호가 툭 말을 꺼냈다.

"있잖아, 너도 봤지? 소셜 탭에 올라온 글. 운영자 정체 밝히겠다고."

나는 작은 목소리로 대답했다.

"응… 봤어."

현호는 주머니에 손을 찔러 넣으며 말했다.

"애들이 막 몰아가는 거, 좀 심하지 않아?"

나는 가만히 현호를 보았다. 현호는 잠깐 망설이더니, 걱정스러운 목소리로 말했다.

"누군지는 몰라도, 걔 되게 힘들겠더라."

나는 숨을 삼켰다. 나를 두고 하는 말인데도 아무렇지 않게 넘기려니 목이 간질거렸다. 들킨 것도 아닌데 들켜 버린 기분이었다. 나는 주먹을 꾹 쥔 채 앞만 보고 걸었다. 현호가 살며시 입을 열었다.

"왠지, 운영자 착한 애 같지 않아?"

나는 현호를 흘긋 보았다.

"…왜?"

"누굴 도와주고 싶어서 만든 것 같아서. '연애의 시행착오를 줄이고 싶다'는 앱 소개 문구도 있었잖아."

나는 아무 말 없이 고개를 숙였다. 현호에게 들킬까 봐 겁이 났다. 그러면서도, 말해 버리고 싶은 마음이 스멀스멀 올라왔다.

이상했다. 내가 만든 앱인데 왜 내가 망가지는 기분이지. 누군가를 돕고 싶은 마음에 시작했지만, 가장 도움이 필요했던 건 어쩌면 나였는지도 몰랐다. 사랑에 서툰 건 물론이고, 누군가에게 솔직하게 다가가는 것조차 두려워 숫자와 확률 뒤에 나를 숨기려 했으니까.

입술이 바짝 말랐다. 결국 현호에게 아무 말도 하지 못했다. 나는 그저 현호와 보폭을 맞춰 걷는 데 조용히 집중했다.

현호가 내 옆에 있다는 걸 실감하고 싶었다.

그날 밤, 예준이 연락해 왔다.

박예준
> 애들 반응 봤지? 그러니까 애초에 내 말대로 했어야지.
> 근데 기회는 아직 남아 있어. 이 사진, 공지로 올려. 그럼 봐줄게.

나는 숨죽인 채 이미지 파일을 열었다.
설민이었다.
입술을 깨문 채 교복 셔츠를 풀고 있었다. 멍한 표정과 기이한 자세. 딥페이크였다. 잠시 뒤, 예준에게서 다시 메시지가 왔다.

박예준
> 짤막하게만 써. '나는 이런 애랑 어울리는 더러운 새끼다'.
> 그 정도면 돼. 그럼 네 정체는 안 깔게. 자정까지다.

며칠 전에도 예준은 설민과 크게 다툰 직후 내게 와서 저 사진을 들이밀며 말했다.

"앱 공지로 올려, 당장."

예준은 빨개진 눈으로 말을 이었다.

"김설민 나락 안 보내면, 내가 죽을 것 같아. 이거 빨리 안 올리면 너부터 죽는 거야."

설민은 아무 잘못도 없었다. 그런데 예준은 사진 하나로 설민을 망가뜨릴 수 있다고 믿고 있었다. 그리고 그걸로 나까지 무릎 꿇리려 했다.

내 정체를 감추고 싶은 두려움과 설민을 지켜야 한다는 마음이 뒤엉켜 나를 무겁게 짓눌렀다. 무릎 위에 올려둔 폰이 시한폭탄처럼 느껴졌다. 내 클릭 한 번에 누군가의 삶이 망가질지도 모른다고 생각하니 피가 다 마르는 기분이었다.

자정을 2분 앞둔 시간. 고요한 방 안에서 시계 초침 소리가 유난히 크게 들렸다. 내 심장 박동 소리도 초침 소리와 함께 쿵쾅거렸다. 예준과 설민의 얼굴이 번갈아 떠올랐다. 나는 바싹 마른 입술로 중얼거렸다.

"난 못 해."

결국 나는 아무것도 하지 못한 채 자정을 넘기고 말았다.

다음 날 아침, 소셜 탭에 예준의 두 번째 글이 올라왔다.

> ## 소셜 - 실시간 인기 글
>
> ### 운영자 정체 다 까발린다.
>
> 익명
>
> 자, 김모 씨. 이제 다 끝났어. 숫자 뒤에 숨은 네 위선, 오늘 다 까발린다.
> 오늘 7교시 끝나자마자 실명, 정체, 몽땅 공개한다.
> 너만 신인 줄 알았지? 착각하지 마. 이제 내가 심판이야. 감히 날 무시한 대가란다.
> 네가 만든 그 앱으로 네가 어디까지 바닥을 칠 수 있는지 다들 똑똑히 보게 될 거야.

"야, 봤어? 진짜 공개한대."

"김모 씨면 김 씨라는 거잖아!"

아이들은 묘하게 들떠 있었다. 오늘 누군가 공개 처형을 당하길 손꼽아 기대하는 분위기였다. 나는 꼼짝없이 자리에 앉아 있었다. 가슴 아래쪽에서부터 묵직한 긴장감이 서서히 올라왔다. 아이들 속에 내가 먹잇감처럼 던져지는 상상을 하자 숨이 잘 쉬어지지 않았다.

그때, 옆자리에 앉은 지이가 조심스럽게 내 얼굴을 훑었다.

"민조야, 괜찮아? 얼굴이 창백해."

나는 굳은 얼굴로 고개를 끄덕였다.

"괜찮아."

애써 웃어 보였지만, 어깨가 딱딱하게 굳어 갔다. 웃는 것도, 말하는 것도 전부 진심이 아니었다. 그 순간, 폰이 진동했다.

박예준
> 진짜 마지막 기회. 6교시 끝나고 3층 복도 끝에서 봐.

나는 천천히 숨을 들이마시고 내쉬며 마음을 가라앉혀 보려 했다. 그때 대각선 너머에 앉아 있는 설민이 눈에 들어왔다. 설민은 조용히 폰을 내려놓았다. 소셜 탭에서 오가는 자신의 이야기를 본 모양이었다. 표정은 담담했지만 눈빛은 그러지 못했다. 눈동자가 잔잔하게 흔들리고 있었다.

잠시 후, 설민이 고개를 들어 교실을 둘러보았다. 이 안에 운영자가 있을지도 모른다고 생각한 걸까. 설민의 시선이 내 쪽에 아주 잠깐 머물렀다가 스쳐 지나갔다. 눈이 마주치진 않았다. 아니, 내가 먼저 피했는지도 모르겠다.

그때였다. 도겸이 조용히 설민의 책상 옆에 가서 쪼그려 앉았다. 작게 속삭이는 목소리가 들렸다.

"괜찮아?"

설민은 고개를 돌리지 않은 채, 짧게 "응" 하고 대답했다. 도겸은 그걸로 충분하다는 듯 가만히 있었다. 더 묻지도, 말하지도 않았다. 다만, 설민 쪽으로 살짝 몸이 기울어 있었다. 그 둘의 공기가 평소와는 확연히 달랐다.

지이가 중얼거렸다.

"쟤네, 요즘 이상한 것 같아. 설마 둘이 썸타나?"

나는 아무 말도 하지 못했다. 설민은 폰을 가방 속에 넣고 허리를 곧게 폈다. 누가 봐도 태연한 척하는 자세였다. 예준이 설민에게는 별다른 협박을 하지 않았을까? 설민은 내 선택에 따라 피해자가 될 수도, 아닐 수도 있었다. 설민이 알든 모르든 그 곁에 도사리고 있는 예준의 악의를 떠올리자 온몸에 소름이 끼쳤다.

시간이 어떻게 흘러갔는지 모르겠다. 이제 6교시를 마치는 종이 울리기까지 채 10분도 남지 않았다. 가만히 앉아 있기만 해도 숨이 막혔다. 체한 것처럼 가슴께가 답답했다. 폰은 치마 주머니에 넣어 두었지만, 예준의 메시지가 거기서도 계속 진동처럼 울리는 기분이었다.

　이대로 모든 게 밝혀지면, 현호도 나를 모른 척하게 될까. 어떻게 해도 내가 운영자라는 사실이 사라지는 건 아니었다. 현호와의 매칭률을 조작한 사실도 마찬가지였다.

　나는 현호가 좋았다. 시간이 흐를수록 더 분명해졌다. 그러니까 더더욱 말해야 했다. 나와 친구로 남든 아니든, 현호의 마음을 조금이나마 덜 다치게 하려면 내 입으로 먼저 밝히는 수밖에 없었다. 예준의 협박은 오히려 내게 마지막 기회였다.

　종이 울렸다. 나는 자리에서 일어나 교실 문을 나섰다. 손끝이 바르르 떨렸다. 하지만 이미 내 안에서는 하나의 결심이 조용히 굳어 가고 있었다.

　종이 울렸다. 나는 자리에서 일어나 교실 문을 나섰다.

　발소리가 복도에 작게 번졌다. 심장이 빠르게 뛰었다. 이마에 맺힌 식은땀이 흘러내렸다.

　2반 교실 앞. 나는 문을 열었다. 현호는 자리에서 막 일어나려던 참이었다. 나를 보더니 두 눈이 휘둥그레졌다. 나는 숨을 크게 들이마셨다. 어떤 타이밍에 해도 최악의 말이었다. 그래도, 지금 해야 했다.

"잠깐 시간 돼? 지금이 아니면 안 될 것 같아서."

현호는 내 눈을 마주 보다 고개를 끄덕였다. 우리는 복도를 따라 조용히 걸었다. 과학실 옆 복도 끝, 아무도 오지 않는 창가 앞에 섰다.

햇볕이 묘하게 따뜻해서 오히려 더 숨이 막혔다. 나는 숨을 고르고 입을 열었다.

"현호야, 나… 너한테 거짓말한 거 있어."

말하면서도 손이 떨렸다. 현호는 말없이 내 얼굴을 바라보았다. 그 눈빛이 평소보다 깊어 보여서, 도망치고 싶은 마음이 다시 고개를 들었다.

하지만 이제는 도망치지 않기로 했다.

"연애 예보 앱, 그거… 내가 만든 거야. 운영자 나야."

현호의 표정이 단숨에 굳었다. 나는 눈을 질끈 감았다가 떴다.

"네 앱에 내가 한 번도 안 뜬 것도… 내가 그랬어. 진짜 미안해."

입술이 바짝 말랐다. 말을 멈추고 나서야 숨을 한 번 크게 내쉴 수 있었다. 현호는 여전히 아무 말이 없었다. 그 침묵이 세상의 어떤 비난보다 무서웠다.

"좋아한다고 말해 놓고, 답답하게 굴어서 미안해. 난 널 좋아할 자격이 없는 것 같아."

그 말을 끝으로 나는 고개를 숙였다. 심장이 땅 밑으로 꺼지는 기분이었다. 대답이 없으면 어떡하지. 현호가 등을 돌리면 어떡하지. 그래도, 이게 지금 내가 할 수 있는 최선이었다.

아주 길게, 몇 초가 흘렀다. 현호가 입을 열었다.

"바보 아니야, 너?"

나는 고개를 들었다. 현호가 내 눈을 가만히 바라보고 있었다. 복잡한 표정이었다. 그런데 아주 조금, 안도한 듯한 미소가 보였다.

"자격이라니. 그런 말 하지마."

나는 말없이 고개를 끄덕였다. 현호가 말했다.

"네가 말한 대로… 시행착오일 뿐이잖아."

눈물이 날 것 같았지만, 꾹 참고 고개를 끄덕였다.

"고마워."

나는 머뭇거리며 손을 내밀었다. 현호는 잠시 멈칫하더니, 이내 내 손을 꼭 잡았다. 오랫동안 그리웠던 현호의 온기가 손바닥에 퍼졌다. 우리는 말없이 악수했다. 그걸로 충분했다.

곧 종이 울렸고, 주머니 속 폰이 진동했다.

박예준
> 나는 끝까지 기회 줬다. 후회하지 마라.

나는 깊게 숨을 들이쉬고 화면을 꺼 폰을 주머니에 넣었다. 선택은 이미 끝났다. 남은 건, 내가 감당할 몫뿐. 나는 교실에 들어서자마자 곧장 설민에게 향했다.

"설민아."

설민이 놀란 듯 고개를 돌렸다.

"잠깐 얘기 좀 할 수 있을까?"

"지금? 이제 수업 시작인데…."

몇 초간 내 얼굴을 바라보던 설민이, 천천히 고개를 끄덕였다.

우리는 서둘러 텅 빈 과학실로 들어갔다. 나는 손을 맞잡았다가 다시 폈다. 손끝이 식어 있었다.

"연애 예보 앱 만든 사람… 나야."

설민의 눈이 커다래졌다. 나는 담담히 말을 이었다.

"99퍼센트로 너랑 박예준이 매칭된 거, 내가 조작한 거야.

미안해. 안 하면 내 정체를 폭로하겠다고 박예준이 협박했거든. 근데 그게 끝이 아니었어. 그러고 나서 또 다른 협박을 하더라. 거기에도… 너랑 관련된 게 포함돼 있었어."

설민의 얼굴이 굳었다.

"…뭐였는데?"

나는 목이 타는 게 느껴졌지만, 말을 멈추지 않았다.

"며칠 전에, 네 딥페이크 사진을 보여 줬어. 그걸 앱 공지로 올리라고 했어."

설민이 숨을 들이켰다.

"그 사진… 나도 봤어. 걔가 나한테도 보냈거든. 자기랑 안 사귀어 주면 그 사진 유포하겠다고."

나는 고개를 끄덕였다.

"내 잘못도 알아. 바로 막지 못했고, 계속 도망치기만 했거든. 근데 이제는 안 도망치려고. 우리 같이… 고발하자."

설민은 말없이 나를 바라보았다. 나는 조심스레 손을 내밀었다.

"절대 박예준한테 휘둘리면 안 돼."

설민이 작게 고개를 끄덕였다.

"…민조, 너도."

유리창 너머로 햇살이 조용히 스며들었다. 나는 처음으로 이 싸움이 끝이 아닌 시작일지도 모른다고 생각했다.

마음을 다잡을 새도 없이 7교시가 끝났다. 곧 폰에서 진동이 울렸다. 소셜 탭에 무언가 올라왔다는 알림이었다. 아이들이 너도나도 폰을 확인했다. 나는 숨을 들이마시며 조심스레 화면을 켰다. 곧이어 교실 안 여기저기서 작은 탄성이 터져 나왔다.

"진짜 올렸어."

"야, 이거 실화냐?"

눈앞에, 기어코 폭로 글과 함께 사진 몇 장이 첨부돼 있었다.

소셜 – 실시간 인기 글

연애 예보 운영자, 실명 공개합니다

익명

운영자는 바로 3학년 3반 김민조.
사진 봐 봐. 연애 예보 운영자 페이지 접속 중인 거.
자기 마음대로 매칭률 조작하고, 누구는 띄워 주고, 누구는 막아 버리고. 그 앱에 진심이었던 애들은 뭐

> 가 되냐? 연애는 핑계고 계급 나누는 수단이었던 거야. 이게 진짜 정의냐? 이제 너희가 판단해.

 모두가 일제히 나를 바라보았다. 누가 먼저랄 것도 없이 내 이름을 중얼거렸다. 나는 차마 고개를 들 수 없었다. 의자에 등을 기댄 채 깊이 숨을 들이마셨다. 그때, 옆자리의 지이가 물었다.
 "민조야… 너였어?"
 나는 잠시 멍하니 있다가, 고개를 끄덕였다.
 "응, 맞아."
 지이는 헛웃음을 짓더니 이내 머리를 쥐어뜯었다.
 "아, 민망해 죽겠네. 나 너한테 앱 욕 엄청 했잖아."
 그러더니 빨개진 뺨을 손으로 꾹 눌렀다. 나는 미안하다고 중얼거리듯 대답했다.
 누구도 소리 내어 화를 내거나 내게 직접 뭐라고 말하지는 않았다. 아이들은 저마다 속삭였다. 숨죽인 채 메시지를 주고받기도 했다. 나는 아무 말도 하지 못한 채 자리에 그대로 얼어 있었다. 복도 창밖으로 예준이 보였다. 예준은 나를 보더니 한쪽 입꼬리를 올렸다.

그 순간, 설민이 자리에서 일어나 칠판 앞에 섰다. 그리고 입을 열었다.

"잠깐만."

아이들의 웅성거림이 멈췄다. 모두가 설민에게 고개를 돌렸다.

"방금 올라온 글 봤지? 민조가 운영자라는 거. 매칭률 조작했다는 거."

설민은 눈을 한 번 감았다 뜨고 말했다.

"그 글, 1반 박예준이 쓴 거야."

그러고는 복도 창가의 예준을 보았다.

"박예준, 나한테도 협박했거든. 딥페이크 사진 보내면서 자기 말 안 들으면 유포하겠다고 했어. 내가 자기랑 사귀기 싫다고 하니까 그런 식으로 나온 거야."

아이들 사이에서 누군가 숨을 들이쉬었다. 나는 마른침을 삼켰다.

"민조한테도 똑같이 협박했어. 앱에 내 딥페이크 사진 공지로 올리라고. 안 그러면 운영자인 거 폭로하겠다고."

설민은 교실을 차분히 둘러보았다. 아이들의 시선 하나하나를 피하지 않았다.

"물론 민조가 다 잘한 건 아니야. 나도 화날 일이 있었고. 근데, 민조는 최소한 도망 안 갔잖아. 그리고 날 지켜 줬지. 그래서… 난 민조 편이야."

설민이 내 쪽을 바라보며 고개를 끄덕였다. 나는 떨리는 손으로 책상 모서리를 쥐었다가 천천히 설민을 향해 고개를 끄덕였다.

그때였다. 복도 너머에서 박예준의 거친 목소리가 들려왔다.

"웃기고 있네. 쟤가 뭘 지켜 줘! 지켜 준 건 나야!"

교실 안이 일순 얼어붙었다. 그 순간, 지이가 벌떡 일어났다.

"너, 지금 뭐라고 했냐?"

지이는 그대로 복도 쪽으로 나가 예준과 마주 섰다. 아이들 몇몇이 뒤따라 복도 쪽으로 몰려들었다. 예준이 비웃듯 말했다.

"사실 아닌가?"

"와! 너 진짜 뭐가 문제냐?"

지이가 예준의 어깨를 밀치며 날 선 목소리로 말했다.

"어디 한 번만 더 나불거려 봐, 박예준. 어디까지 갈 수 있는지 보자."

아이들이 숨을 삼키며 그 모습을 지켜봤다. 그때, 도겸이 조용히 일어나 설민 옆으로 다가갔다. 아무 말도 없이 옆에 서서 설민에게 물을 건넸다. 설민은 잠시 고개를 숙였다가 도겸이 건넨 물을 마셨다.

곧 복도에서 발소리가 들렸다. 복도 반대편에서 누군가가 이쪽으로 뛰어오고 있었다.

현호였다.

현호는 우리 반을 향해 달려오다 예준과 지이를 보고 걸음을 멈췄다. 잠시 상황을 살핀 현호가 두 사람에게 다가갔다. 그리고 나지막이 말했다.

"박예준, 이제 그만해."

그 말이 복도에 묵직하게 울렸다. 지이는 예준을 노려보며 주먹을 꾹 쥐었다. 예준은 코웃음을 치더니 입꼬리를 비틀어 올렸다. 아직도 자기가 우위에 있다고 믿는 얼굴이었다.

나는 창가에 서서 다시 한번 앱 화면을 들여다보았다. 누군가의 감정을 날씨처럼 예측하겠다고 믿었던 시간들. 상대방의 마음을 미리 알 수 있다면 실망하거나 상처받지 않아도 될 거라고, 그래서 괜찮을 거라고 생각했던 시간들.

이제는 안다. 어떤 예보도, 어떤 확률도 사람 마음을 정확히 알 수 없다는 것을. 그러니까 틀려도 괜찮다는 것을. 그저 시행착오일 뿐이라는 것을.

이제는 숨는 대신, 내가 만든 것을 향해 정면으로 걸어가기로 마음먹었다. 나는 천천히 손가락을 움직이며 사과문을 작성하기 시작했다. 이제야 모든 것이 제자리로 돌아가고 있다는 생각이 들었다.

♥ 에필로그 ♥

　누군가는 나를 신기한 듯 바라봤고, 누군가는 말없이 피했다. 조용히 응원을 건네는 아이들도 있었지만, 대부분은 별 관심 없는 눈치였다.
　"야, 김민조. 나 앱 덕분에 고백 성공했었어. 지금은 헤어졌지만. 아무튼 고맙다."
　복도 한쪽에서 누군가 말을 걸었다. 나는 피식 웃었다.
　모든 사람이 나를 이해해 줄 필요는 없었다. 모두가 곁에 있어 줄 필요도 없었다. 나는 내가 할 수 있는 최선을 다했고, 그 일을 후회하지 않는다. 그것이면 충분했다.
　며칠 전, 박예준은 딥페이크 이미지 유포 시도와 협박 행위로 정학 처분을 받았다. 촉법소년이라 형사 처벌은 받지 않앉지만, 보호자 소환과 상담 조치, 교내 디지털 윤리 및 성 인지 교육 이수가 결정되었다는 공지가 교내에 게시됐다.

지이는 그 공지를 사진으로 찍어 소셜 탭에 올리며 한 줄을 남겼다.

'사랑받고 싶으면, 먼저 사람이 돼라.'

그 게시물엔 예상보다 많은 '좋아요'가 달렸다.

지이와 가람은 자주 붙어 다녔다. 사귀냐는 질문에는 둘 다 고개를 저었지만, 점심시간마다 복도 끝에 나란히 앉아 있는 모습을 보고 나서도 굳이 더 묻는 아이는 없었다. 아무도 이름 붙이지 않았지만, 썸이라는 말이 딱 어울리는 거리였다.

아빈과 보라는 여전히 연애 중이었다. 이따금 다투고 금세 또 화해하는 모양이었다. 최근에는 반 대표로 배드민턴 복식 경기에 출전했는데, 예선에서 탈락했지만 분위기는 꽤 좋아 보였다. 설민이 전해 주기로는, 아빈은 속상해했지만 보라는 출전 자체를 자랑스러워했다고 한다.

설민과 도겸은 결국 사귀기로 했다고 한다. 누가 먼저 고백했는지는 알 수 없지만, 둘이 같은 날 같은 시각에 SNS 프로필 사진을 바꿨다. 설민과는 별로 어울리지 않는 캐릭터 디자인이었다.

점심시간, 운동장 가장자리에 앉아 햇볕을 쬐며 앱을 둘러보고 있을 때, 현호가 다가왔다. 나는 폰 화면을 내보이며 말했다.

"공지 봤어? 연애 예보, 당분간 운영 멈춘다고."

현호는 고개를 끄덕이며 옆에 앉았다.

"응. 봤어. 사과문, 너답더라."

"처음부터 이렇게 해야 했는데…."

현호는 내 어깨를 가볍게 툭 쳤다.

"그래도 도망 안 갔잖아. 그거면 돼."

내 손등 위로 햇살이 내려앉았다. 나는 현호의 얼굴을 슬쩍 보고는, 가방에서 바나나 우유를 두 개 꺼냈다. 하나는 현호, 하나는 내 몫이었다. 현호가 손가락으로 우유 입구를 뜯더니 벌컥벌컥 마셨다. 나도 따라 마셨다.

"너 이거 너무 달다고 못 먹지 않았어?"

현호의 말에 나는 의기양양하게 말했다.

"네가 좋아하니까 나도 좋아졌지."

"뭐?"

현호가 가만히 나를 보았다. 나는 입술을 슥 닦고 미소 지으며 말했다.

"솔직히 못 먹겠다. 너무 달아."

현호는 어리둥절해하며 내가 건넨 우유를 받아 들었다.

"너처럼 담백하게 하려고 했는데, 안 되겠다. 그냥 나대로 할게."

나는 현호를 빤히 보며 말을 이었다.

"이게 나야. 진짜 나. 네가 좋아하는 거 잘 맞춰 주지도 못하고, 이번에 봐서 알겠지만 큰 거짓말도 했고, 계산적일 때도 있고, 이런저런 못난 마음들로 가득해."

현호가 살짝 긴장한 얼굴로 나를 보았다.

"이런 내 모습을 네가 알면 도망갈 거라고 생각했어. 어때? 도망갈 거면 지금 가. 아니면 계속하고."

"계속해."

현호는 우유를 꼴깍꼴깍 마시면서도 내 얼굴에서 눈을 떼지 않았다.

"근데 이번 일을 겪으면서 깨달은 게 있어. 내 진짜 모습이 그렇게까지 최악은 아닌 것 같다는 거."

나도 현호에게서 눈을 떼지 않고 말을 이었다.

"그리고 이런 내가 너를 여전히 좋아하고 있다는 거."

나는 떨리는 손을 현호에게 내밀었다.

"너는 어때?"

현호는 내 손을 가만히 바라보더니, 제 손을 바지 자락에 슥슥 닦고는 내 손을 덥석 잡았다.

"나도 그래."

나는 씩 미소 지었다.

그렇게 우리의 두 번째 연애가 시작됐다.

오늘의 연애 예보가 도착했습니다
초판 인쇄 2025년 8월 28일 **초판 발행** 2025년 8월 28일
지은이 김경은
펴낸이 남영하 **편집** 전예슬 조웅연 **디자인** 박규리 **마케팅** 김영호 **경영지원** 최선아
펴낸곳 ㈜씨드북 **주소** 03149 서울시 종로구 인사동7길 33 남도빌딩 3F **전화** 02) 739-1666 **팩스** 0303) 0947-4884
홈페이지 www.seedbook.co.kr **전자우편** seedbook009@naver.com **인스타그램** instagram.com/seedbook_publisher
ISBN 979-11-6051-733-0 (43810)
ⓒ 김경은, 2025
이 책은 저작권법에 따라 보호받는 저작물이므로 무단 전재와 무단 복제를 금지하며,
이 책 내용의 전부 또는 일부를 이용하려면 반드시 저작권자와 ㈜씨드북의 서면 동의를 받아야 합니다.

• 책값은 뒤표지에 있어요. • 잘못 만들어진 책은 구입하신 서점에서 바꾸어 드려요.
• 씨드북은 독자들을 생각하며 책을 만들어요.